KB017646

까칠한
재석이가
깨달았다

"좋은 친구들의 손을 잡고 밖으로 나와.

이야기를 나누면서 꾸준히 건강하고 새로운 관계를 맺어 가야 해."

까칠한 재석이가 깨달았다

고정욱 지음

애플북스

학교에 강연을 갈 때마다 제가 집필한 책을 준비해서 가지고 갑니다. 한두 권이라도 그 책을 쓴 작가로부터 직접 선물 받으면 그 학생은 책을 가까이 하게 될지도 모르기 때문입니다. 선물하는 이유는 확실히 밝힙니다. 공평하게 모두 앞에서 제가 낸 퀴즈를 맞히거나 필기를 잘하는 학생에게 주는 방식이죠.

하지만 제가 선물을 전달할 때 다른 학생들의 반응은 시큰둥할 때가 많습니다. 열렬히 박수를 치거나 환호하지 않습니다. 심지어 야유를 보내기까지 합니다. 학생들의 이런 반응으로 저는 큰 충격을 받았습니다.

"친구의 행복은 나의 행복이다."

이럴 때 저는 이 명언을 따라 하게 하면서 이야기합니다.

"친구가 잘되는 것은 평생 한 번 얻기 힘든 행운입니다. 그래서 내 주변 친구가 성공하도록 나는 힘껏 도와야 합니다."

요즘 학교에서의 입시 위주 교육은 거의 전쟁이라고 합니다. 내가 알고 있는 지식과 나의 것은 절대 남에게 보여 주거나 뺏겨서는 안 될 것으로 여겨집니다. 시험을 치를 때 커닝을 하는 것은 부정행위이지만 평상시엔 서로서로 친구의 지식과 경험을 물어보고 가르쳐 주며 함께 성장해야 합니다. 한 사람만 모든 것을 독점하는 세상은 없으니까요.

만약 이 세상이 온통 자기만 아는 세상이었다면 저 같은 사람은 학교조차 다닐 수 없었습니다. 제가 이렇게 한 사람의 작가로서 구실을 하게 된 것은 수많은 친구가 저의 가방을 들어 주고, 업어 주고, 놀아 주고, 기쁨과 슬픔을 나누며 함께해 주었기 때문입니다. 지금도 저에게는 40-50년 된 친구들이 많습니다. 그들과 함께 성장하며 나이 들어 가고 있습니다.

친구의 소중함을 지키려면 내가 먼저 헌신을 해야 합니다. 내가 가진 소중한 것을 나눠 주고, 먼저 다가가 말을 걸어야 합니다. 힘든 일이 있다면 서로 도와야 합니다. 이러한 노력 없이 누군가 다가오기만을 바라는 것은 말이 되지 않습니다. 먼저 손을 내밀고 내 것을 내주고 진정으로 행복을 빌어 준다면 곁에는 진심을 나눌 수 있는 좋은 친구가 많아지고, 또 진한 우정을 쌓으며 살아가는 나의 삶도 행복해질 것입니다.

2022년 12월, 북한산 기슭에서

고정욱

차례

관계는 어렵지만 소중하다

까칠한 재석이 시리즈를 쓸 때면 항상 청소년이나 전문가들과 의논을 한다. 요즘 청소년들은 무엇이 고민인지 알아보기 위해서이다. 그렇게 해서 좁혀진 몇 개의 주제를 여론조사해서 결정한다. 이게 재석이 시리즈의 집필 전(前) 단계다.

이번 주제는 '관계'다. 강연을 다니거나 학생들의 이메일을 받고 카운슬링 해보면 어떻게 친구들과 관계를 맺어야 하는지, 부모와 어떻게 지내야 하는지, 선생님을 어떻게 대해야 하는지를 잘 모른다. 그도 그럴 것이 과거 같으면 형이나 동생이 있어서 보고 배웠는데, 요즘은 외둥이거나 두세 형제가 대부분이니 사람을 대하는 방법과 관계 맺는 기술을 배우기가 어렵다. 게다가 부모들 역시 일이 바빠 아이들은 부모나 형제의 도움 없이 철저하게 스스로 터득해야 한다.

잘 모르는 것은 두렵기 마련이고, 두려움이 앞서면 어떤 관계든 그르치게 되어 있다. 청소년들은 나에게 이런 이야기를 한다.

"친구가 나에 대해서 나쁜 말을 퍼뜨리고 다녀요."

"저만 왕따예요."

"문자를 보내도 친구가 하루 종일 답이 없어요."

"친구 때문에 공부도 안 되고 아무것도 하고 싶지 않아요."

어쩌다 상황이 이렇게 된 걸까.

그에 대해 나는 과감히 말한다. 내가 변해야 친구도 변한다. 가만히 기다리고만 있으면 알아서 다가와 주는 친구는 없다. 내가 다가가야 상대방도 다가온다. 오고 가는 관계 속에서 진정한 친구를 사귀고 우정을 나눌 수 있는 것이다. 친구의 고민을 들어주고, 함께 해결하려고 노력하고, 실패와 좌절도 경험하면서 우리들은 성장하게 되어 있다. 관계를 개선하려는 시도가 실패하더라도 다음 시도는 좀 더 세련되고 핵심을 향해 나아가게 될 것이다.

이 책을 통해 우리 청소년들이 관계의 중요성을 깨닫고, 배려와 희생, 사랑과 경청을 배우길 바란다. 그러면 진정한 친구를 사귀고 싶다는 바람은 저절로 이루어진다.

2020년 새봄, 북한산 기슭에서
고정욱

전편 줄거리

말보다 주먹이 앞서고 가진 거라곤 큰 덩치와 의리뿐인 황재석.
어린 시절 겪은 가난과 아버지의 부재로 인한 결핍감으로 삐딱
한 문제아가 되었으나 부라퀴 할아버지와 김태호 선생님의 도움
으로 문제아에서 작가 지망생으로 그야말로 환골탈태한 재석은
열심히 책을 읽고 글쓰기 연습을 하며 바쁘게 보낸다. 그리고 그
런 재석의 옆에는 항상 든든한 친구인 보담, 민성, 향금이 있다.
그러던 어느 날 재석은 유명 소설가인 고청강 작가에게 자신이
쓴 작품의 지도를 부탁한다. 얼마 후 되돌아온 재석의 작품은 온
통 빨간 펜 투성이, 고청강 작가는 재석에게 제일 잘 아는 주제,
요즘 청소년들의 문제를 다뤄보라는 조언을 한다.
고민 끝에 재석은 게임에 울고 웃는 청소년 이야기를 써보기로
하고, 학교에서 소문난 게임천재 재현을 인터뷰한다. 그리고 재
현이 그냥 게임에 빠져 밤을 새는 게 아니라 게임 해설가가 되기
위해 열심히 공부하고 게임회사에서 인턴도 하고 있다는 말을
듣고 놀란다.
하지만 그때 보담의 사촌동생 은미가 게임으로 8천만 원이나 되
는 큰돈을 날린 것을 알게 되고, 재석과 보담은 이를 돕기 위해
나서게 되는데…….

봉식의 경고

국회의원 선거일이었다. 모든 학교가 휴교였다. 어제까지는 온통 나라가 시끄러웠다. 확성기 소리에 피켓 행진, 후보들의 90도 인사, 그리고 형형색색의 유니폼들. 언제 식나 했던 선거 열기가 순식간에 사라졌다. 동네가 원래 이렇게 조용했나 싶을 정도였다. 사람들은 들뜬 선거운동의 열기를 접고 차분히 투표소로 향했다.

오전 운동을 마친 재석은 시원하게 샤워를 했다. 재석의 운동은 별 게 없었다. 아침에 동네 뒷산에 뛰어 올라가 산길을 약 1킬로 정도 뛴 뒤, 노인들이 운동하는 체육 시설에서 몸을 풀었다. 턱걸이 30개 정도는 기본으로 하는 재석이었다. 이 모든 게 끝나면 가벼운 섀도복싱을 하고 어려서 배운 태권도의 기본 품새를 몇 번 하는 거였다.

샤워를 마친 뒤 집을 나섰다. 점심때 엄마의 식당으로 가서 일을 돕기로 했기 때문이다.

"재석아! 3번에 국밥, 4번에는 수육에 소주 한 병."

엄마의 지시에 따라 검은 앞치마를 입은 재석은 일사분란하게 음식을 주방에서 테이블로 날랐다. 엄마의 식당은 제법 손님이 많았다. 특히 오늘은 공휴일이어서 부모를 따라나선 어린이 손님들도 적지 않았다. 아마도 투표를 마치고 산책 삼아 들른 듯했다.

틈틈이 서빙을 해온 재석인지라 이제 웬만한 알바생들은 명함도 못 내밀 정도로 능숙하게 식당 일을 보았다. 손님이 나가면 그릇들을 쟁반에 쓸어 담으면서 동시에 한손으로는 잔반들을 모았다. 그런 뒤 깨끗한 행주로 테이블을 재빨리 닦고 허리춤에 매달아 놓은 스프레이로 살균소독제를 뿌린 뒤 수저와 젓가락을 정리했다. 일이란 건 처음이 서툴지 몸에 익으면 속도가 붙고 능률이 오르는 법이다.

로봇처럼 척척 일하는 아들을 엄마도 주방 안에서 흐뭇한 얼굴로 바라보았다. 작은 골목 식당은 알바생에게 줄 돈조차

아껴야 간신히 수지가 맞는 법이었다.

"아우, 힘들어."

재석은 두 테이블 그릇들을 주방 안 설거지 아줌마에게 넘기고 허리를 폈다. 엄마가 불쑥 비타민 음료를 내밀었다. 안 그래도 입에서 단내가 나던 차라 단숨에 들이켰다. 상쾌함이 식도를 타고 넘어갔다.

"아, 시원해!"

빈 병을 재활용 통에 넣고 돌아서는데 식당 문을 열고 청년 하나가 들어왔다.

"어서 오세요! 한 분이시죠?"

재석이 황급히 방금 치운 테이블 쪽으로 손님을 안내하며 힐끗 보았다.

"어!"

전에 반지하 살 때 같은 빌라에 살던 봉식이었다.

"재석아!"

"오랜만이에요, 형. 밥 먹으러 왔어요?"

"응."

재석은 본능적으로 문밖을 살폈다. 여자 아이돌그룹 브랜뉴의 매니저인 봉식은 가끔 국밥을 포장해서 브랜뉴를 태우고 나니는 밴으로 들고 가곤 했다. 얼굴이 알려진 유명 아이

돌이 밖에 나와 돌아다닐 수가 없기 때문이다. 그러나 가게 밖에 밴은 보이지 않았다.

"형, 오늘은 밴을 멀리 대놨어요?"

"아니, 밴 없어."

"왜요? 그럼 뭐 타고 다녀요?"

자리에 앉는 봉식은 지친 얼굴이었다.

"어머, 봉식이 총각 왔네?"

주방에서 엄마가 내다보며 알은체를 했다.

"아주머니, 안녕하세요? 저 밥 먹으러 왔어요."

"그래요, 그래. 잘 왔어."

재석은 오늘 같은 공휴일에는 행사가 많을 텐데 잘나가는 아이돌 그룹의 매니저가 한가하게 밥 먹으러 동네 식당에 왔다는 게 의아했다.

"형, 잘렸죠? 헤헤!"

객쩍은 농담을 던져 봤다.

"응. 잘렸어."

"에? 정말요? 왜요? 브랜뉴 잘나가잖아요."

걸그룹 브랜뉴의 신곡 〈선샤인〉이 히트를 쳐서 음원 차트 상위권을 누비고 있다는 사실 정도는 재석도 알고 있었다.

"너 모르냐?"

"뭘요?"

"너 정말 범생이 된 거야? 요즘 인터넷도 안 봐?"

"소설 쓰느라고 한동안 좀 바빴어요."

교지에서 봄 호 원고 모집을 했는데 재석은 마감에 맞춰 소설을 내느라 정신이 없었던 거다.

"녀석, 정말 모범생이 다 됐구나."

봉식은 핸드폰을 꺼내더니 뭔가를 검색해서 보여 주었다. 인터넷 기사였다.

브랜뉴 리더 화란의 학폭 진실 공방

20일, 모 포털 토론방에 자신이 브랜뉴의 리더인 화란의 학교 폭력 피해자라고 주장한 P씨가 글을 올렸다.

"10년 전 중학교 때 3년 동안 화란에게 상습적인 학교 폭력을 당했다"며 "현금과 옷, 신발 등을 자주 뺏겼고 별별 이유로 노래방이나 으슥한 골목에서 폭행당했다"고 주장했다.

그러면서 P씨는 "화란이 아이돌이 됐다는 말을 듣고 분개했다. 사람들에게 기쁨을 줘야 할 직업을 악마 같은 인성을 가진 사람이 할 수는 없다. 문자로 공식적인 사과를 하라고 했지만 아직까지 반응이 없다"고 말했다.

폭로 이후 화란 측은 "기억이 잘 나지 않는다. 게다기 교통시고

로 오랜 기간 입원한 적도 있어서 더더욱 그렇다. 피해자라는
분은 곧 만나서 대화를 나눠 볼 생각이다"라고 입장을 밝혔다.

기사만 봐도 눈이 번쩍 뜨였다. 화란이 학창 시절 아이들을
괴롭히던 일진이라는 내용이었다. 그 사실을 누군가가 인터
넷에 올리자 자신도 피해자라며 글이 더 올라왔고, 사람들이
그 글을 퍼 나르고 있다고 했다.

"그러면 어떻게 되는 거예요?"

"기획사에서 활동 중지했어. 지금 어떻게 해야 되나, 여론
의 추이를 보고 있지."

"그럼, 형 잘리는 거예요?"

"잘리는 건 아니지만 잘못하면 브랜뉴하고 같이 일하긴 힘
들어."

"아, 그렇구나!"

그때 가게 문이 열리더니 탄탄한 몸매에 눈매가 날카로운
고등학생 하나가 들어왔다.

"어서 오세요."

학생을 본 봉식이 손짓했다.

"이리 와라. 여기, 국밥 한 그릇 더 줘."

재석이 화란의 이야기로 놀라고 있을 때 엄마가 국밥을 퍼

주었다. 재석은 얼른 받아다가 두 사람 앞에 놓았다.

"형, 먹고 힘내세요."

한눈에도 뚝배기가 넘치도록 엄마가 국물과 고기를 듬뿍 담아 준 것이 확실했다.

"아주머니, 고맙습니다."

봉식이 열심히 밥을 먹는 동안 재석은 딴 손님들을 맞았다. 같이 온 남학생이 누굴까 궁금했지만 봉식이 소개해 주지 않아 굳이 묻지는 않았다. 서빙을 하는 재석의 머릿속에는 봉식과 브랜뉴의 일이 떠나지 않았다.

'학창 시절 일인데 뒤늦게 문제가 되네.'

화란은 텔레비전에 나올 때 연약하고 청순한 모습이었다. 브랜뉴의 미모와 보컬을 담당하면서 가냘픈 이미지로 남자들의 마음을 울리는 아이돌이었다. 그런데 중고등학교 때 일진이었다니, 역시 열 길 물속은 알아도 한 길 사람 속은 알 수 없었다.

봉식이 밥을 다 먹을 때쯤 가게가 조금 한가해졌다. 재석은 엄마가 더 퍼준 깍두기를 들고 가서 봉식의 옆자리에 앉았다. 맞은편에 앉은 학생은 아직도 땀을 흘리며 국밥 국물을 들이켜고 있었다.

"형, 그럼 월급은 나와요?"

"월급은 나오지. 이래봬도 내가 정직원이잖아."

"정말 화란이 누나가 그 사람을 때렸대요?"

"나도 물어봤어. 그랬더니 울면서 고백하더라. 자기가 철없던 시절에 애들 좀 괴롭혔다고. 그러면서 어쩌면 좋을지 모르겠다고 울고불고 하는 바람에 기획사 사장님이랑 다른 멤버들이 달래느라 고생했어."

"정말요?"

"그래서 다른 멤버들한테도 어린 시절에 무슨 일이 있었는지 A4 용지 갖다 놓고 솔직히 다 쓰라고 그랬잖아."

"우아, 그게 정말이에요?"

"그래. 본의 아니게 멤버 애들 다 자서전을 쓴 셈이지."

"딴 멤버들도 문제가 있었어요?"

"없진 않은데, 자세히 말할 수는 없고. 그래도 화란이만큼 큰 문제는 없었어. 화란이가 제일 컸어. 여럿이 몰려다니면서 애들 때리고, 날라리 짓을 좀 했더라고."

"그럼 어떡해요? 화란이 누나는……."

"대표님은 화란이가 저러다가 극단적인 선택이라도 할까 봐 걱정하셔."

"그, 극단적인 선택이요? 어, 어떤?"

"그걸 꼭 말해야 아니? 너 연예인들 가끔씩 우울증 걸려서 어떻게 되는지 못 봤어?"

"설마 자, 자······."

"그래. 아직 나이도 어린데, 한창 잘나가다가 더 어렸을 때 했던 철없는 짓 때문에 갑자기 다 끝났다고 생각이 들면 충격이 오죽 크겠니. 매일 내가 걔네들 숙소에 가서 들여다보고 분위기 띄워 주는 게 일이다."

"아, 정말요?"

"너도 조심해, 인마. 너도 어려서 철없이 굴었잖아."

"맞아요. 저도 하늘을 우러러 한 점 정도 부끄러움이 있어요."

"자식, 한 점밖에 없다고? 하하! 아주머니, 저 갑니다."

봉식이 일어났다. 앞자리의 고등학생도 말없이 일어섰다. 봉식이 지갑을 열어 지폐를 꺼내서 내밀자 주방 안에서 엄마가 손사래를 쳤다.

"아유, 봉식이 총각, 그냥 가. 돈 안 받아."

"어머니, 제 돈을 왜······. 받으셔야 돼요. 연습생도 같이 왔잖아요. 안 그러면 저 다시 안 와요."

말없이 국밥을 먹던 고등학생은 연습생인 모양이었다. 봉식은 오만 원짜리 하나를 놓고는 거스름돈도 거절한 뒤 황급히 가게 문을 나섰다.

"형, 잘 가요. 또 봐요."

"그래, 나중에 보자. 어려운 일 있으면 말하고."

봉식은 애써 활달하게 골목길을 빠져나갔다. 손님이 뜸해지자 엄마가 주방에서 나왔다.

"아까 듣자니 봉식이네 걸그룹에 문제가 있어?"

"네. 멤버 하나가 어렸을 때 친구들 때리고 그랬나 봐요."

"저런저런. 재석아, 너 엄마가 그랬지? 몰려다니면서 애들 때리고 다니면 안 된다고. 그게 바로 이런 일이 생길까 봐 걱정해서 한 얘기야."

"아유, 알아요. 이젠 안 그러잖아요."

"그래. 네가 이제라도 정신 차렸으니 얼마나 다행인지 몰라. 아이고, 지금도 철없이 친구들 괴롭히고 다니는 애들은 정말 나중에 그 업을 어떻게 갚으려고 그러나 몰라."

재석은 엄마의 잔소리가 이어질까 봐 재빨리 일어나 대걸레를 가져왔다. 열심히 바닥을 닦는데 걸레 끝에 낯익은 운동화가 보였다. 고개를 들자 빨간 야구잠바를 입은 민성이 카메라를 손에 든 채 서 있었다.

"어, 너 오늘 촬영 간다고 하지 않았나?"

"촬영 가려 했는데 사람이 너무 많아, 공원에."

"밥은 먹었나?"

"응. 오다가 햄버거 하나 먹었어. 어머니, 안녕하세요?"

그 말을 듣자 재석이 엄마가 눈을 흘겼다.

"햄버거를 왜 먹어? 우리 집에 오면 국밥 줄 텐데?"

"배가 너무 고파서요."

엄마는 눈치가 빨랐다. 민성의 행동이 예사롭지 않았기 때문이다.

"재석아, 민성이 왔으니까 그만 들어가 봐라."

"알았어요. 이따 저녁때 필요하면 불러요."

"그래그래, 손님 없으니까 이제 엄마도 좀 쉬련다."

재석은 가방을 둘러메고 민성과 함께 가게를 나왔다.

"너 얼굴이 왜 이렇게 어둡냐?"

"어두워 보여?"

"응."

"향금이가 문자를 보냈어."

"뭐라고?"

민성이 핸드폰을 꺼내서 문자를 보여 주었다.

민성아, 너 혹시 초등학교 때 자연이란 애 기억나니?

자연이? 모르겠는데, 왜?

자연이란 애가 널 아는 것 같아서.

그게 무슨 말이야?

곧이어 복사해서 붙인 문자 한 통이 보였다.

나는 어린 시절 왕따와 폭력의 피해자였다. 우리 반에는 M이라는 아이가 있었다. 키가 작고 활달한 아이였는데 이상하게 나를 유독 괴롭혔다. 자기는 그게 장난이라고 생각하는 것 같았다.

걔한테 이유 없이 옆구리를 찔리거나 등짝 스매싱을 당하곤 했다. 나한테 왜 그러는지 알 수가 없었다. 처음엔 장난인 줄 알았다. 그런데 그런 폭력이 매일 이어졌다. 어느 순간부터 걔가 날 때리고 지나가야만 안심될 정도였다. 하루는 학교가 끝날 때까지 나를 때리지 않았다. 하루 종일 언제 맞으려나 싶어 두려움에 떨었다. 다음 날 나는 두 배로 맞았다.

M을 생각하면 지금도 온몸이 떨리고 이가 갈린다. 창석초등학교 3학년 때 일이다.

문자를 본 후 재석이 민성에게 물었다.

"야, 향금이가 이걸 왜 너한테 보냈어?"

"내가 창석초 나왔거든."

"네가? 그럼 M이 민성이 너냐?"

"아직은 모르겠는데 우리 때 나처럼 껄렁대던 애가 몇 명 있었다."

"그 안에 M이라는 이름 가진 아이가 또 있다고?"

"나 말고도 두 명이 더 있어. 만영이하고 문학준."

"어떻게 M 녀석들이 그렇게 많냐?"

"몰라. 일고여덟 명 중에 걔네 둘이 있는데 다 여기저기 다니면서 장난치고 까불었지."

"너 그럼 자연이란 애를 전혀 모른단 말이야?"

"기억이 나겠냐, 내가? 초등학교 동창이?"

"그럼 앨범 보면 되잖아."

그러자 민성이 눈을 반짝였다.

"아, 그 방법이 있었네."

"그래 인마, 앨범 뒤져 봐. 너 아까 봉식이 형 왔는데 무슨 얘기 들은 줄 아냐?"

"봉식이 형 왔었어?"

화란의 일을 말해 주자 민성은 고개를 끄덕였다.

"알아. 브랜뉴 지금 인터넷에서 난리잖아. 댓글 장난 아니던데?"

얘기하던 민성은 갑자기 풀이 죽었다.

"그런데 이게 내 일이면 어떡하지? 진짜 걱정인데."

"뭐가 걱정이야? 확인부터 해봐. 아닐 수도 있어. 네가 정말 걔를 괴롭혔겠어?"

"아, 나는 여자애들 때린 적 거의 없어. 만영이랑 다른 녀석들이 여자애들 발도 걸어 넘어뜨리고 아이스케키도 하고 그랬지. 그래도 지금 생각하면 창피해."

"야, 너네 집에 가보자. 앨범에 그 아이 있나 보게."

"응."

두 아이는 민성의 집으로 발걸음을 돌렸다.

"엄마, 엄마."

민성은 들어서자마자 엄마부터 찾았다.

"안녕하세요?"

재석이 인사하자 민성이 엄마가 반갑게 맞아 주었다.

"그래, 재석이 왔구나. 천천히 놀다 가라. 나는 투표하러 가야 돼서 나간다."

민성이 엄마는 뒤늦게 투표하러 황급히 집을 나섰다.

민성의 방 안 가득 각종 카메라와 영상용 자재들이 쌓여 있었다. 돈이 생길 때마다 사 모은 장비들이 열 개가 넘었다. 고

프로부터 다양한 미니카메라들이었다.

"우아, 너 이거 다 산 거야?"

"어, 내가 피디 될 거라 그랬더니 우리 할머니가 장학금으로 모아 놨다며 백만 원을 주셔서 장비 몇 개 더 장만했지. 죽이지 않냐?"

"응, 대단하다. 그건 그렇고 앨범은 어딨냐?"

잠시 뒤 책장 어딘가에서 민성이 초등학교 앨범을 찾아냈다. 앨범을 펼치자 앳된 얼굴들이 나왔다. 재석은 안경 쓰고 뚱뚱한 꼬마 민성의 모습에 그만 웃음을 터뜨렸다. 배를 잡고 한참을 웃었다.

"아하하, 너 이랬냐? 지금은 완전히 용 됐다."

"야! 초등학교 땐 다 이렇거든."

"왜? 난 안 그랬어. 이제 자연이란 애나 찾자."

이름을 하나하나 짚어 가며 보는데 자연이는 없었다.

"이상한데? 안 보여. 걔 가짜 아닐까?"

재석은 가만히 생각해 보았다. 왕따당한 아이들이 전학을 많이 갔던 게 떠올랐다.

"혹시 전학 간 건 아닐까?"

"그건 나도 모르지."

"이름을 바꿨을 수도 있고. 아니면 요즘 가짜 뉴스 많잖아.

이것도 가짜 글 아니야? 향금이는 뭐래?"

"이게 사실이면 큰일이라고 펄쩍 뛰지."

"향금이랑 보담이 같이 있겠지? 문자나 보내 봐야겠다."

재석은 보담에게 문자를 보냈다.

> 보담아, 뭐 해?
> 나는 엄마 도와주고 지금은 민성이랑 같이 있는데.

기다렸다는 듯이 보담의 문자가 왔다. 동시에 민성의 폰에
도 향금이 보낸 문자가 떴다.

> 너희는 양반 되긴 힘들겠구나.
> 안 그래도 지금 너희 얘기 하고 있었어.
> 지금 향금이 걱정이 태산이야.

> 왜?

> 자연이 얘기 들었어?

> 응. 그거 정말이야?

> 향금이가 민성이한테 보낸 문자 봐봐.

향금이 보내 온 문자는 심각했다.

하루는 M이 와서 내 치마를 들추었다. 나는 깜짝 놀랐
다. 황급히 치마를 내리는데 M이 말했다.

"아이스케키!"
지금 생각하면 그건 정말 심각한 성추행이었다.
그 뒤로 나는 바지만 입는다. 지금까지도 치마를 보면 그
때 기억이 떠오른다. 나를 대놓고 괴롭혔던 M 때문에 나
는 두려워서 치마도 입지 못하게 되었다. 내 마음에 깊은
상처를 준 M을 결코 용서할 수 없다.

"야, 너 진짜 아이스케키 했냐?"

"뭐, 우리 때 그런 장난 안 한 놈 있냐? 한두 번씩은 다 했
지. 근데 이걸로⋯⋯. 아, 미치겠네. 근데 이거 나 아냐. 나 여
자애들한테 못된 짓 안 했다니까."

민성이 성격을 봐도 심하게 하진 않았을 거 같았다.

"이러다 나 향금이한테 잘리겠다. 빨리 향금이한테 가서 상
황을 설명해야겠어. 앨범 가져가자, 앨범."

두 아이는 앨범을 들고 향금이와 보담이가 공부하고 있다
는 청소년센터로 달려갔다.

청소년센터에서 코코아를 마시며 노트북을 앞에 놓고 공부

하던 두 아이는 재석과 민성이 나타나자 눈을 흘겼다. 다짜고
짜 눈 흘김을 당하자 재석은 조금 억울했다.

"왜 그래?"

"너희, 정말 걱정이야."

보담이 말했다.

"우리가 뭘?"

"자연이 때문에 그렇지."

넷은 청소년센터 바깥 벤치에 나와 자리를 잡았다. 보담과
향금이 앨범을 다 뒤져 봐도 자연이는 없었다. 향금이 자초지
종을 이야기해 주었다.

"며칠 전 내 친구들이 와서 얘기하는 거야. 자연이라는 애
가 전학을 왔는데 걔가 자꾸 민성이에 대해서 묻더래."

"나에 대해서?"

"응. 자기 초등학교 동창인 거 같다면서. 근데 다음 날 걔가
나를 찾아와서 묻더라고. 민성이란 애가 친구 맞느냐고. 그래
서 같이 유튜브도 찍고 친하게 지낸다고 말했어."

향금이 처음 본 자연이는 약간 통통한 얼굴에 눈빛은 초점
이 잘 안 맞는 듯 몽롱해 보였다. 흔히들 백치미라고 부르는
것이 그런듯했다. 자연이가 향금에게 물었다.

"민성이란 애가 네 친구 맞다고?"

"응. 넌 새로 전학 왔지?"

"맞아. 근데 민성이, 내가 아는 애 같아. 초등학교 동창."

"그래? 민성이 옛날에 어땠는데?"

자연이는 대답하지 않았다. 향금이 얼른 민성이를 두둔하고 나섰다.

"걔가 좀 철없이 까불어도 착해."

"그렇게 생각하는구나, 너는."

"응, 다른 애들한테 물어봐. 재석이란 친구와 민성이는 우리 학교 애들한테도 유명하거든. 처음에는 학생들 괴롭히며 일진으로 나댔는데 지금은 정의의 사도로 완전히 달라졌어. 그래서 지금은 힘든 일 있으면 많이들 재석이하고 민성이한테 가서 상담해."

향금은 자랑스럽게 재석과 민성에 대해서 설명해 주었다. 하지만 자연이 얼굴 표정이 좋지 않았다.

"그렇구나. 알았어."

자연이는 자기 반으로 돌아갔고, 향금은 자연의 뒷모습을 보며 고개만 갸웃거렸다.

"그랬는데 걔가 인스타그램하고 페이스북에 글을 올리기

시작한 거야. 친구들이 나한테 보여 주더라고. 너한테 보낸 건 빙산의 일각이야. 이거 봐봐."

놀라웠다. SNS에 올라와 있는 글은 세부적인 사항들을 다 기억하고 있었다.

어느 날 M은 자기가 먹던 잔반을 내 식판에 부었다.

나는 아직 몇 숟갈 먹지도 않았는데….

그러면서 말했다.

"돼지 여물 먹냐? 내 것까지 맛있게 처먹어라, 뚱땡아."

그뒤로 나는 온몸으로 밥을 가리고 먹는 아이가 되었고,

여물통 돼지로 낙인찍혔다. 이 모든 것은 M 때문이다.

나는 정말 M을 증오한다.

"더 심각한 건 뭔지 알아? 댓글이야."

– 완전 쓰레기다! 인격 모독하는 놈은 인간 세상에서 추방합시다.

– 누구예요? M이? 빨리 실명을 밝히세요. 아니면 네티즌 수사

  들어갑니다!

– 벌레 같은 새끼! 해충 퇴치단 어딨냐? 바퀴 박멸!

– 딱 기다려라. 형이 금방 혼내 주러 갈게. 쇠몽둥이세례 괜찮겠

지?

– 하루 줄게, 자수해라. 찾아내서 실명이랑 사진 뿌리기 전에!

M에 대한 비난과 저주의 글이 끝없이 이어졌다. 민성은 당황했다.

"민성아, 너 정말 이런 짓을 했어?"

재석이 채근하듯 물었다.

"기억이 안 나. 그, 그런데……."

"기억 안 난다며 뭘 사시나무 떨듯 떠냐?"

"대, 댓글이 무서워."

보담이 그런 민성이에게 심각하게 말했다.

"민성아, 잘 생각해 봐. 이게 사실이라면 지금 기억나지 않더라도 자연이한테 사과해야 돼. 싹싹 빌어야 된다, 너."

"아, 난 억울해. 기억이 안 나는데……."

향금이 냉정하게 말했다.

"야, 술 취해서 사람 때리는 놈들을 주폭이라 그러거든? 주폭들도 깨어나면 제일 먼저 하는 얘기가 뭔지 알아? 자기는 기억이 안 난대. 필름이 끊어졌대. 하지만 이미 피해자는 생겼잖아."

재석은 입이 썼다. 이런 일은 민성이 아니라 오히려 자기한테 생기는 게 맞지 않나 싶을 판이었기 때문이다.

"민성이 너 왜 가만있는 여자애를 괴롭혔어? 여자애들 관심 끌려고 그런 거 아냐?"

"내가 장난은 좀 심했지만 이런 못된 짓을 한 기억은 없어. 아, 억울해. 댓글 보니깐 오늘밤 못 잘 거 같다."

"야, 나도 하늘을 우러러서 한 점 정도 부끄러움이 있지만 저건 좀 너무했다."

"재석이 너는 그 한 점이 하늘을 다 가리잖아!"

그 와중에 민성은 또 재석을 걸고 넘어졌다.

"야야, 난 여자애들은 안 괴롭혔어. 여자애들은 이렇게 평생 한을 품을 수 있잖아."

"여자가 한을 품으면 오뉴월에 서리가 내린다지만, 여자든 남자든 마음에 상처를 입으면 그걸 어찌 잊겠니? 평생 칼을 갈지. 너 이게 사실이면 당장 사과해. 그게 네가 살길이야."

보담의 말에 민성은 우거지상이 되었다.

"아, 이거 어떡하면 좋지?"

고민 끝에 재석은 김태호 선생에게 전화를 걸었다.

"선생님!"

"왜 그래? 나 지금 맥주 한잔 먹고 쉬고 있는데 네가 방해를 하는구나. 너도 한잔할래?"

"아, 선생님. 농담할 때가 아니고요."

"어, 너희 다 모여 있네!"

영상통화로 아이들을 보면서 김태호 선생이 말했다.

"그래, 어쩐 일로 투표 날 전화했냐? 너희도 투표했냐? 참, 아직 만 18세가 안 됐지!"

김태호 선생은 재석과 민성에게 격의 없이 농담을 던졌다.

"그게 아니고요, 선생님. 민성이가 초등학교 때 어떤 애 좀 괴롭힌 걸로 지금 사건이 벌어졌어요."

이야기를 듣자 김태호 선생도 얼굴이 굳어졌다.

"야, 그거 어려운 문제다."

"그렇죠? 어떡하면 좋아요, 선생님?"

"이런 문제는 잘 처리해야 한다. 일단 민성아, 네가 M이 맞는지 확인부터 해봐. 네가 맞다면 바로 사과해야지."

"사과해서 안 받아 주면요?"

"인마, 사과는 받을 때까지 하는 거야. 그러게 애초에 그런 못된 짓을 하지 말았어야지."

"아, 선생님, 도와주세요!"

"일단 진정성 있게 사과해. 그래도 안 되면 연락하고."

김태호 선생이 전화를 끊었다. 보담과 향금도 똑같은 생각이었다.

"야, 선생님 말씀이 맞아. 싹싹 빌어야 된다고."

"정말 미치겠네. 아, 쪽팔리고 괴롭다! 암튼 알았어. M이 나라면 사과할게."

"그러면 내가 내일 학교에 가서 자연이 만나서 물어볼게. 너무 걱정하지 마."

향금이 좀 더 확실히 알아보기로 했다.

재석은 아이들과 이렇게 불안에 떨면서 헤어져 본 적은 처음이었다. 재석은 민성이와 함께 집에 돌아오면서 사람과 사람의 관계가 한번 꼬이면 얼마나 오래가는지를 생각했다. 그러자 길거리에 지나가는 사람들이 모두 두려워졌다. 그때 엄마에게서 문자가 왔다.

아들, 저녁때 손님 더 많다. 빨리 와.

"민성아, 나 엄마 도와주러 가야 된다. 내일 학교에서 보자."

뛰어가며 뒤돌아보니 민성은 고개를 푹 떨군 채 힘없이 걷고 있었다. 평소와 다르게 기죽은 모습이 측은해 보였다.

관계의 두려움

메가시티는 초고층 아파트 두세 동에 각종 상가가 지상 10층 까지 들어찬 건물이었다. 식당과 카페, 스포츠센터는 물론이고 영화관까지 갖춰져 있었다. 메가시티의 한 카페에 제일 먼저 도착한 것은 재석이었다. 오늘 이곳에서 민성, 보담, 향금이와 만나기로 약속했던 것이다.

오늘 약속은 보담과 향금이 자연이를 데려와 민성과 만나 게 하는 거였다. 민성은 자연이를 괴롭혔던 일을 기억해 내지 못했지만 사건은 며칠 사이에 일파만파 커졌다. 포털사이트 와 SNS에 자연이의 글이 퍼졌고, 그 아래에 M을 비난하고 신상을 털겠다고 협박하는 댓글이 무수히 올라왔다. 심지어는 민성의 휴대폰으로 문자가 오고, 민성의 SNS에 험악한 댓글이 달리기 시작했다.

　– 너, M 맞지? 너 같은 놈은 죽어도 싸다.
　– 너 같은 녀석이 방송 피디가 되겠다고 설치면서 유튜브를 찍어
　　올리다니 어이가 없다. 빨리 사과하고 이 땅에서 꺼져라.

　모르는 번호로 문자가 날아오자 민성은 처음 며칠간 재석이에게 문자를 보여 주며 하소연을 늘어놓았다. 하지만 문자와 댓글의 수가 점점 많아지자, 말수가 줄더니 문자에 대해 언급조차 하지 않았다. 재석은 민성의 마음을 짐작할 수 있었다. 향금의 말에 의하면 민성이 변명의 댓글을 몇 번 달아 보았지만 소용이 없었다고 했다.
　재석은 악플이 정말 두렵다는 사실을 깨달았다. 김태호 선생에게 다시 전화를 걸어 물어보기까지 했다.
　"선생님, 잘 알지도 못하는 사람들이 왜 그렇게 심하게 비난을 퍼부을까요? SNS를 보기가 정말 무서워요."
　"재석아, SNS는 양날의 칼이라고 생각해. 평소 하고 싶은 말을 못하고 가슴에 쌓아 두면 우울증이 생기거나 화병이 나

잖냐? SNS 덕분에 눈치 안 보고 마음껏 하소연할 수 있고, 심지어 얼굴을 내보이지 않고도 자기 속사정을 털어놓을 수 있으니 속이 뻥 뚫리겠지. 이런 식으로 속마음을 이야기하는 게 정신과 치료에도 도움이 된다잖아."

"하지만 그 이야기의 대상이 되는 사람은 괴롭잖아요. 부끄럽고 창피하고요."

"맞아. 인터넷 공간은 무한대로 펼쳐져 있는 곳인데 여기에다 대고 감정적인 욕설과 비방을 하면 그게 떠돌아다니면서 흉기가 되는 거지. 상대만이 아니라 나도 베일 수가 있어. 말이나 글은 뱉어 내는 순간 스스로 생명체가 되어 사람들을 마구 물어뜯는단다. 민성이도 아마 그 피해를 보는 것 같다."

"사람들 사이의 관계가 정말 어렵네요."

"그렇지. 관계를 잘 맺어야 그런 일이 안 생기는 거야. 나도 어떻게 도와야 할지 모르겠다. 일이 어려워지면 나한테 알려 주렴. 나도 전문가를 찾아볼게."

"네."

"일단 민성이 좀 잘 위로해 줘라."

재석 역시 얼마 전까지도 아이들을 때리고 다녔는데 지금 당장 이런 사건이 일어나지 않았다고 안심할 수는 없었다. 언제 터질지 모르는 시한폭탄이기 때문이었다.

재석이 이런저런 생각에 잠겨 있을 때, 카페 문이 열리면서 민성이 들어왔다. 얼마 전까지 어깨를 펴고 활기차게 다니던 민성의 모습이 아니었다.

"민성아! 여기."

"응."

힘없이 걸어오는 모습이 마치 좀비나 유령 같았다.

"야, 힘을 내!"

민성이 맞은편 의자에 앉자 재석은 민성을 위로했다.

"나 정말 자연이라는 애 얼굴도 기억이 안 나. 그런데 그런 일이 있을 수도 있겠단 생각이 들어. 아, 너무 힘들어."

"부모님도 아셔?"

"응, 엊그제께 말씀드렸어. 어떻게든 잘 해결해 보자고 하시더라. 자연이 부모님을 만나 보시겠다는 걸 내가 먼저 사과하고 나서 생각해 보자고 했어. 하지만 기억도 안 나는 일로 사과해야 한다는 게…… 너무 괴로워."

"그래, 너도 약간은 억울하겠다."

하지만 나로 인해 피해자가 있다면 기억이 안 나더라도 사과해야 할 일이라고 김태호 선생이 말했다. 초조하게 떨고 있는 민성의 다리를 보자 재석은 어떻게든 도와주고 싶었지만 방법이 없었다. 필요하다면 자기도 자연이 앞에 함께 무릎을 꿇고 사정이라도 해보고 싶었다.

잠시 후 문이 열리면서 보담과 향금이 먼저 카페로 들어왔다. 그 어느 때보다 두 아이의 얼굴이 어두웠다.

"어, 여기야."

먼저 재석을 발견한 보담이 고개를 끄덕였다. 그러고는 뒤돌아보며 후드를 깊게 덮어쓴 여자아이를 안내했다. 160센티미터 정도 되는 키에 덩치는 보담의 두 배쯤 되어 보였다.

자연이는 와야 할지 말아야 할지 망설이는 것 같았다.

"자연아, 괜찮아. 우리가 있잖아."

보담의 말에 향금은 자연이 등을 쓰다듬으며 고개를 끄덕여 보였다.

"그래그래. 너는 사과받으러 온 거야. 두려워하지 마."

자연이는 머뭇거리다가 재석과 민성을 흘깃 보더니 다시 고개를 숙였다. 억지로 끌어당기다시피 하여 보담이 자연이를 탁자 앞으로 데려왔다. 자연이는 언제라도 튀어나갈 사람처럼 의자 끝에 걸터앉았다.

재석은 어정쩡한 자세로 아이들을 맞이했다.

"어, 어, 어서 와."

민성은 선뜻 입을 떼지 못했다.

보담이 어색한 분위기를 깨고 재석부터 소개했다.

"자연아, 여기는…… 너도 얘기 들었지? 내 친구 황재석이야."

"안녕?"

재석이 조심스럽게 인사를 건넸다. 하지만 자연이는 고개를 숙인 채 대꾸하지 않았다.

"그리고 얘가…… 민성이."

민성은 뭐라 말하려 했지만 입이 떨어지지 않았다. 자신을 사정없이 괴롭히는 악성 댓글의 주동자가 바로 앞에 있었다. 미안함보다 원망이 앞서려는 마음을 꾹꾹 눌렀다.

"자, 자연아. 나 기억나니?"

자연이는 고개를 살짝 들어 번개처럼 민성이 얼굴을 봤다. 그러고는 바로 움츠린 어깨 사이로 고개를 파묻었다. 두려움에 사로잡혀 후드티 속에 파묻힌 것만 같았다. 얼굴 없는 후드티가 부르르 떨렸다.

당황한 보담이 자연이 어깨를 다독이며 말했다.

"괜찮아. 오늘 민성이가 사과하러 나온 거야.

후드티 안에서 흐느끼는 소리가 새어 나왔다. 자연이는 온몸을 떨었다. 가장 충격을 받은 것은 민성이었지만 재석도 예상치 못한 이 상황을 어찌해야 할지 알 수가 없었다.

두 아이가 아무 말도 못 하고 앉아 있자 향금이 말했다.

"너희 잠깐 자리 좀 비켜 줄래?"

"으응, 알았어. 우리는 밖에서 기다릴게."

재석과 민성은 황급히 카페 밖으로 나갔다. 통유리창 안으로 들여다보니 보담과 향금이 자연이 어깨를 계속 쓸어 주고 있었다. 잠시 후 자연이 살짝 고개를 들고 여자애들과 이야기를 나누는 것이 보였다. 잠시 후 문자가 왔다. 보담이었다.

거기서 기다리고 있어.
자연이가 마음이 안정되면 내가 연락할게.

아, 알았어.

재석의 눈에 자연이보다 더 불쌍해 보이는 건 민성이었다. 말 그대로 덜덜 떨고 있었던 것이다. 까불까불 활달했던 민성의 낯선 모습이었다. 그때였다.

"어? 재석이랑 민성이, 여기 웬일이냐?"

대학생처럼 차려 입은 남자가 알은체했다. 태수였다. 태수가 생머리의 예쁜 여자와 함께 다가왔다.

"어, 형!"

태수는 재석이네 학교 3학년 문예부장이었다. 이번 교지의 책임 편집을 맡았는데 대학 입시에서는 문예창작과에 수시 원서를 낼 거라고 했다. 교지를 발간하면 3학년들은 모두 입시에 전념한다. 말하자면 마지막 미션이 교지 편집인 셈이다. 편집이 끝나면 바로 2학년에서 뽑은 새로운 문예부장에게 임무를 넘긴다.

태수는 학교에서 글 잘 쓰기로 유명했다. 옆에 있는 여자는 꼭 대학생 같아 보였는데 태수의 팔짱을 다정하게 끼고 있었다.

"어, 형. 여기서 친구 만나고 있어요."

재석이가 카페 안으로 눈길을 던지며 답했다.

"그렇구나. 안 그래도 너 만나면 할 얘기가 있었는데."

"뭔데요?"

"이번에 너 교지에 작품 보냈잖아. 그거 우리 편집위원들끼리 심의해서 싣기로 했어."

"저, 정말요?"

재석이네 학교 교지는 역사와 전통을 자랑했다. 과거 선배들은 교지에 글을 발표하는 걸 영광으로 알았다. 졸업한 선배 가운데 현역 작가로 활동하는 사람도 많은 만큼 지금도 권위가 높았다.

"그래, 축하한다. 그런데 작품이 말이야……."

그때 카페 문이 열리면서 보담이 나왔다.

"얘들아, 빨리 들어와. 자연이가 너희하고 얘기하겠대."

"으응, 알았어. 형, 미안한데요, 제가 급한 일이 있어서 나중에 형한테 문자 할게요."

"어, 그래. 그런 것 같구나. 알았다."

태수가 여자와 함께 사라졌고 재석과 민성은 카페로 들어가 조심스럽게 탁자 앞으로 다가갔다. 향금이 말했다.

"민성아, 너의 사과를 받아들일 준비가 됐대. 어서 사과해."

다짜고짜 사과를 하라니 민성은 당황했다. 하지만 다른 선택의 여지가 없었다. 하는 수 없이 고개를 푹 숙이고 말했다.

"자, 자, 자연아, 내가 초등학교 때 철이 없었어. 그때 일은 미안하다. 정말 미안해. 내가 어떻게 하면 네 분이 풀릴 수 있을까?"

기억도 나지 않는 일을 인정하고 사과하는 것은 솔직히 어떻게든 악플에서 벗어나고픈 마음에서였다. 민성의 말을 듣는 순간 자연이는 또다시 울음을 터뜨렸다.

"흑흑흑!"

아이들은 모두 당황했다. 어쩔 줄 몰라 서로 눈짓만 주고받다가 보담이 말했다.

"얘네 내보낼까?"

"아니야, 으흐흐흑. 무서워서 그래."

자연이가 고개를 저으며 말했다. 여리디여린 목소리였다. 재석과 민성은 벌을 서듯 계속 서 있었다.

"얘네 자리에 앉으라고 해도 될까?"

자연이가 느릿하게 고개를 끄덕였다.

재석과 민성은 천천히 자리에 앉았다. 한참을 흐느끼던 자연이 진정된 듯하자 향금이 재빨리 마실 것을 주문해서 가져왔다.

"자, 달콤한 거 먹으면 스트레스가 좀 풀린대."

핫초코를 건네자 자연은 한 모금 홀짝 마셨다. 역시 따뜻하고 달콤한 차의 효과인지 자연이 길게 숨을 내쉬었다.

"고마워."

"자연아, 네가 어떤 일로 상처를 입었는지 다 털어놔. 그러면 민성이가 제대로 사과할 거야."

향금의 말에 자연이가 입을 열었다.

"나는 초등학교 2학년 때 시골에서 전학을 왔어. 서울에 오니까 아이들이 너무 드세고 거침없어서 기가 죽어 있었거든. 그래도 친구들하고 친하게 지내고 싶었는데, 3학년 때부터 민성이가 다른 친구들하고 가볍게 장난을 걸더라고. 1년은 그럭저럭 견딜 만했어. 그런데 4학년이 되면서 민성이의 장난이 견디기 힘들 정도로 과해졌어."

민성은 고개를 숙였다. 세상 무서울 것 없이 까불고 다니면서 주위 애들을 괴롭힌 게 4학년 때부터였다.

"미, 미안하다."

자연이는 민성이가 자기 괴롭힌 이야기를 하나둘 꺼내 놓았다. 이야기가 나올 때마다 향금은 민성을 무섭게 쏘아보았다. 어렴풋이 떠오르는 기억도 있고, 까맣게 잊어 전혀 모르겠는 일도 있었다. 하지만 사과해야 했다. 지금 해결하지 못하면 평생 이 일로 발목을 잡힐 것이었다. 자연이가 아픈 기억을 줄줄이 쏟아 놓는 동안 민성은 되풀이 사과했다.

"미안해, 미안해. 잘못했어."

놀랍게도 자연이는 자기를 괴롭힌 아이들 이름이나 당시 상황을 아주 세세한 것까지 정확하게 기억하고 있었다.

"4학년 2반 정대홍은 내가 길을 가는데 발을 걸어 넘어뜨렸고, 3반 오만혁은 아이스케키를 매일 한 번씩은 꼭 했어."

"민성이도 했지?"

향금이 취조하는 형사처럼 물었다.

"사실 민성이는 한두 번밖에 하지 않았어."

민성은 이야기를 듣는 내내 과거로 돌아가 그 모든 짓을 일절 하지 않을 수 있다면 얼마나 좋을까 뼈저리게 후회했다. 한참 속엣말을 털어놓은 자연은 얼굴이 한결 편안해 보였다.

"더 할 얘기 있으면 해. 이 나쁜 놈한테 다 얘기해. 내가 가만 안 둘게."

향금이 민성에게 주먹을 들어 보이며 말했다.

"아니야, 다 털어놨어."

눈물을 닦으며 자연이 고개를 숙였다. 그러자 민성은 자리에서 일어났다.

"자연아, 미안해. 내가 어린 시절에 했던 못된 짓이 용서가 안 되겠지만 부디 용서해 줘."

사람들이 흘끔거렸지만 민성은 아랑곳하지 않고 무릎을 꿇었다. 고개 숙인 민성의 얼굴에 눈물이 흘렀다. 하지만 그것은 사실 회한의 눈물이라기보다는 지금 처한 곤혹스러운 상황에서 빨리 벗어나고 싶은 초조의 눈물이었다.

"흑흑흑!"

자연이 또다시 울음을 터뜨렸다. 재석은 어찌해야 할지 난감했다. 뭔가 해야 할 것만 같았다. 보담도 눈치를 주었다.

재석은 얼른 민성이 옆에 무릎을 꿇고 앉았다.

"자연아, 민성이 친구로서 나도 용서를 빌게. 민성이 요새는 마음 고쳐먹고 좋은 일 하려고 얼마나 애쓰는지 몰라. 미혼모인 친구도 돕고, 연예인 되겠다고 어른들에게 이용당하는 아이들에게도 힘을 보탰어. 게임 중독에 빠진 아이를 위해서 일인시위도 했고, 학교 폭력 예방을 위한 실태 조사 때도 제일 먼저 발 벗고 나섰어. 옛날의 민성이가 아니야. 나쁜 짓 한 걸로 치면 내가 민성이보다 더하니까 나도 같이 용서를 빌게. 돌아보니 나도 아이들을 너무 많이 괴롭혔어. 그 아이들이 너처럼 용기 내어 말하지 못할 뿐인 걸 알아. 네가 부디 아픈 상처 다 잊고 우리를 용서해 주면 좋겠다."

두 아이가 무릎을 꿇고 사죄하자 자연이는 더 흐느꼈다.

"사실은, 사실은 말이야…… 너희는 아무것도 아니야. 사실은 진짜로 사과받고 싶은 애가 하나 더 있어."

"누군데?"

"일구, 차일구."

"일구? 차일구?"

민성이 고개를 갸웃했다. 향금이 물었다.

"민성아, 알아? 자연이가 그러는데 제일 괴롭힌 아이는 차일구래."

"일구라고?"

민성이 기억을 더듬었다. 향금이 다그쳐 물었다.

"걔 누구야?"

"그냥 혼자 운동한다고 합기돈가 태권돈가 다니는 애였는데……."

그 말에 갑자기 자연이는 또다시 흐느꼈다.

"맞아, 운동 연습한다면서 나를 많이 때렸어. 일구가 때리면 다른 애들보다 열 배는 더 아팠어. 나를 가장 괴롭혔던 건 일구고 민성이가 그다음이었어."

"일구라는 애는 우리가 잘 몰라. 하지만 민성이는 이렇게 사과하는데 용서해 주면 안 될까? 그래도 분이 안 풀리면 만날 때마다 내가 사과하도록 시킬게."

"모르겠어. 너무 무서워."

자연이는 갑자기 벌떡 일어나 카페 밖으로 달려 나갔다. 뭔가에 쫓기듯 몹시 불안해 보였다. 향금이 뒤를 따라 뛰어나갔다. 그때 재석의 주머니에서 폰이 진동을 했다. 얼른 꺼내 보니 태수의 문자였다.

재석아,
아직도 안 끝났냐?
교지 때문에 할 말이 있는데.

형, 이따 연락드릴게요.
지금 얘기 중이에요.

어, 나 지금 영화 보러 왔으니까
나중에 다시 연락하자.

문자를 보는데 보담이 혀를 찼다.

"너는 지금 문자 볼 정신이 있니?"

"아, 미안. 문예부장 형한테 문자가 왔어. 소설 응모한 게 교지에 실린대."

재석은 민성의 일로 지금 마음껏 기뻐할 수 없는 게 참 안타까웠다. 하지만 친구의 고통을 뒤로할 수는 없는 노릇이었다. 친구 사이에서는 기쁨보다는 고통을 먼저 살펴 주는 게 맞다는 생각이 들었다.

민성이 사과했지만 어려서부터 친구 하나 없이 외톨이로 지냈다는 자연이의 상처를 한번에 아물게 할 수는 없었다.

"힘들어하다 결국 전학을 갔다고? 그래서 졸업 앨범에 없었구나."

보담이 고개를 끄덕였다.

"자연이는 초등학교 때 전학 간 뒤로도 중학교 올라가서 괴롭힘을 당했대."

"부모님은 뭐 하시는데? 좀 안 봐주셨나?"

"아버지가 교수래. 점잖은 분이라 학교 폭력에 관심이 없으셨나 봐. 왜 그랬는지 가정적인 문제는 나도 잘 모르겠어. 아무튼 아버지가 미국에 교환교수로 가실 때 따라갔다가 자연이만 혼자 남았대."

"그래?"

자연이 같은 소심한 아이가 낯선 타국에 혼자 남았으니 얼마나 더 외톨이가 되었을지 재석은 짐작이 되었다.

"미국에서 대학 가려고 했는데 적응을 못했나 봐. 그래서 한국에서 대학 가려고 다시 돌아온 거래. 우리 학교엔 이번 학기 초에 전학 왔는데 민성이 네 얘길 들은 거 같아."

"그랬구나."

민성은 입이 열 개라도 할 말이 없었다. 그때 향금이 돌아왔다.

"자연이는 그냥 가겠대."

"나는 어떻게 한대? 용서해 준대?"

"그런 말 안 하더라. 사과할 기회를 한 번 더 만들어 볼게. 그래도 오늘 조금은 마음이 풀린 것 같아. 말도 좀 하고."

"그땐 정말 철이 없었어. 엄마 아버지한테 야단맞은 걸 약한 애들한테 화풀이한 거 사실이야. 근데 오늘 자연이 이야기를 들으니까 내가 참 못됐던 거 같아."

민성의 얘기에 향금이 말했다.

"너는 꼬마 악마였어, 지금 듣고 보니까."

"난 장난이라고 생각했어. 친구 사이에 그럴 수 있잖아."

"야, 연못에서 애들이 돌멩이를 막 던지면 근처에 있던 개구리들이 놀라서 물속에 뛰어들고 난리잖아. 그걸 본 애들이 재밌다고 계속 돌을 던졌대. 어느 날 늙은 개구리 한 마리가 돌 맞아 죽을 각오를 하고 나와서 말했다잖아."

"뭐, 뭐라고?"

"너희가 장난으로 던지는 돌멩이에 우리는 목숨이 왔다 갔다 한다고. 그제야 아이들이 돌멩이를 안 던졌다는 얘기지. 장난이랍시고 약한 애들 괴롭히고 그게 뭐야? 만에 하나 자연이가 잘못되기라도 했으면 너 어쩔 뻔했어, 평생?"

"안 그래도 나도 지금 그 대가 톡톡히 치르고 있어."

풀 죽은 민성을 보담이 위로했다.

"하기는 SNS에 악성 댓글이 너무 많이 달리더라. 그래도 민성아, 너무 슬퍼하지 마."

민성이 눈에서 눈물이 떨어졌다. 이럴 때 그래도 해결책을 생각해 내는 건 침착한 보담이었다.

"자연이를 잘 설득해서 해명 글을 올리도록 할게. 아니, 올린 글들 다 지우도록 해볼게."

"응."

"근데 일구라는 아이는 누구야, 도대체?"

향금이 민성을 위해 얼른 화제를 돌렸다. 민성이 대답했다.

"사일구 알아. 근데 걔는 체육 특기생으로 중학교에 진학해서 이 동네 없어. 그 뒤로 어떻게 됐는지는 몰라. 운동하는 애들은 다른 애들 잘 안 괴롭히는데 일구는 왜 그랬을까?"

"그래, 일구에 대해서 좀 알아봐."

"알았어. 동창들한테 좀 알아볼게. 일구도 사과할 수 있으면 사과하라고 말해 볼게."

"그래."

그때 다시 태수의 문자가 왔다.

> **재석아 아직도 안 끝났냐?**
> **너랑 할 말이 좀 있는데.**

"얘들아, 나 통화 좀 해야겠어."

신호가 가자마자 기다렸다는 듯 태수가 받았다.

"야, 네 작품에 대해서 편집위원들이 한 말이 있는데 전달해 주려고 그래."

"형, 우리 아까 만났던 카페에 아직 있어요. 이쪽으로 오실 수 있어요?"

"그래, 가도 되겠냐?"

"네."

태수가 잠시 후 카페에 모습을 드러냈다. 보담과 향금이 함께 있는 것을 보자 얼굴 표정이 묘하게 변했다.

"안녕하세요, 선배님."

보담과 향금이 깍듯하게 인사했다.

"어, 안녕? 나는 김태수라고 해."

"네. 저희는 재석이랑 민성이 친구예요."

"난 재석이네 고등학교 교지 문예부장이야. 이번에 재석이가 쓴 소설을 교지에 싣기로 했거든."

"어머, 그래요? 축하해, 재석아!"

소식을 처음 들은 향금이 방긋 웃어 주었다.

"고마워."

태수가 씩 웃으며 재석을 보았다.

"재석아, 지도 교사인 김태호 선생님하고 우리가 네 글 읽고 얘기 좀 해봤어. 소설을 잘 쓰긴 했는데 몇 군데 고치면 좋겠다고 얘기가 나왔어."

"아, 그래요? 어느 부분요?"

"내가 수정할 부분 표시해서 이메일로 쏴줄게. 표현이 조금 거칠어서, 욕설 같은 거 말야. 교지에 싣기가 좀 그렇대."

"형, 우리 평소에 욕하잖아요. 소설에 우리 상황을 그대로 쓴 건데요?"

"물론 알겠는데, 그래도 교지잖냐. 교지는 역사에 남는 거

니까 조금 순화하라고 선생님이 말씀하시더라. 그런 건 어른
되어서 제대로 쓰고, 교지에 실리는 건 교육적인 부분을 조금
감안하라고 하셨어."

재석은 고개를 끄덕였다.

"알았어요, 수정할게요. 언제까지 하면 돼요?"

"1주일 줄게. 그 얘기 전하려고 했던 거야."

태수는 시인을 꿈꾸는 문예부장이었다. 어디 작은 경시대
회나 백일장에서 상을 몇 번 받기도 했던 감수성 좋은 선배
였다.

"형은 여전히 시 짓죠?"

"그럼. 이번에 나도 시 한 편 썼어."

그러자 옆에 있던 향금의 눈이 하트가 되었다.

"어머, 선배님 시인이세요? 멋져요."

"아니야, 시인은 무슨……. 아직은 취미로 쓰는 거지."

"그러면 문창과 가시는 거예요?"

"문창과 아니면 경영학과. 부모님이 시 써서 먹고살기 힘들
다고 경영학과 가래. 경영학과 가면 취직한 뒤에 회사 다니면
서 시 쓰지 뭐. 내가 아는 어떤 시인은 직장 갔다가 퇴근하고
돌아와 꾸준히 시를 써서 시집 내셨어."

"와, 멋져요!"

향금이 두 손을 모아 잡고 환호성을 했다.

"멋지긴. 그렇게 하는 게 현실적이란 생각도 들더라."

"형, 그런데……."

갑자기 재석은 조심스럽게 물었다.

"병조도 소설 보냈다 그러던데, 어떻게 됐어요?"

"어, 안 그래도 병조 거 봤는데 너하고는 완전 반대야. 네 소설은 깊이는 좀 없어도 전개가 빨라서 학생 작품다운 면모가 있어. 교지에 실리면 아이들도 재미있어할 것 같고."

태수가 문예부장답게 재석의 소설을 구체적으로 분석해 주었다.

"이야, 궁금하다. 재석아, 무슨 내용 썼냐?"

민성이 물었다.

"별거 아냐."

재석은 자신이 쓴 소설의 줄거리를 간단하게 설명해 주었다.

"머리카락이 주인공인 소설이야."

"머리카락?"

"응, 머리카락에는 곱슬머리도 있고 빡빡머리도 있고 긴 머리도 있잖아. 학교 교실에서는 성적이나 주먹으로 아이들 서열이 정해지지만, 머리카락들은 전혀 다른 기준이 있다고 상

상해 본 거야."

"우아, 재밌겠다."

듣고 있던 태수가 부연 설명을 했다.

"그래, 재석이가 아주 밝고 명랑하게 잘 썼더라. 머리카락이 형태에 따라 어떻게 생각하는지를……. 그런데 병조는 굉장히 관념적이고 철학적인 소설을 썼어. 죽음에 관한 거였어. 김태호 선생님이 교지에 싣기에 조금 무거운 주제인데다 개연성이 부족해서 독자들이 공감하기 어렵다고 하셨어. 병조에게 내가 안 그래도 물어봤지. 조금 고칠 생각 있냐고."

"그랬더니요?"

재석은 약간 긴장했다. 병조는 굉장히 진중하고 자존심 강한 친구였다. 그런 지적이 들어오면 절대 응할 리 없다는 생각이 들었다.

"자기 작품은 한 글자도 못 고친다고 하더라. 녀석, 참."

"그럼 어떻게 해요?"

"걔 작품은 안 싣기로 했어."

"예? 병조 건 안 실려요?"

"응. 병조한테 수필이나 콩트 같은 거 있으면 하나 응모하라 그랬더니 팩 토라져서는 생각이 없다더라. 짜식. 그냥 글쟁이의 자존심이라고 인정해 주기로 했다. 너는 내가 집에 가자마자 이메일 보낼 테니까 원고 수정해서 다시 보내라."

"네, 형."

"그럼 나 간다."

태수는 바람처럼 사라졌다. 태수가 안 보이자 향금이 두 손을 맞잡고 중얼거렸다.

"어머, 멋있어."

민성은 아무 말 없이 향금을 째려보았다.

"뭘 봐? 너는 여자애들 아이스케키나 하면서. 저 선배님 좀 봐. 얼마나 멋있니? 시도 쓰고."

재석은 민성이 편을 들어줘야 될 것 같아 불쑥 말했다.

"저 형 대학생하고 사귄다는 말이 있어."

"정말이야? 아, 재수 없어."

향금의 마음이 순식간에 돌변했다.

재석은 친구들과 함께 있으면서도 마음이 내내 무거웠다. 병조를 위로해야 할지 모른 척해야 할지 판단이 서지 않았다.

'어떻게 하지?'

병조와 재석은 같은 반 친구이지만, 글 쓰는 것으로 따지면 선후배 사이나 다름없었다. 과장해 말하면 스승과 제자 같은 관계라고도 할 수 있었다. 재석이 글을 써서 보여 주면 병조가 읽고 평을 해주었다. 거기다 아무리 짧은 글이라도 온통 시뻘겋게 교정해서 돌려주었다. 재석은 병조의 첨삭지도를 기쁘게 받아들였다. 병조의 말을 듣고 고치면 정말 글이 좋아졌기 때문이다. 재석의 가벼운 문체를 병조는 묵직하게 다듬어 주었다. 표현과 문장을 다듬는 데에는 병조가 최고였다. 한번은 이런 일도 있었다.

"재석아, 너 호랑이가 사람을 물어 죽였다고 썼잖아?"

병조가 재석의 우화를 읽고 말했다.

"어, 옛날에 사람들이 호랑이에게 잡아먹히는 일이 많았대. 그래서 쓴 거야."

재석은 호랑이가 옛날에는 사람들에게 준엄한 신의 역할을 했다고 해석해 보았다.

"사람의 생사를 쥐고 있는 호랑이를 조심해야 하듯이, 우리는 마약과 학교 폭력을 조심하자고 쓴 거야."

"재석아, 호랑이에게 잡아먹힌다는 의미를 한 단어로 만든 말이 있어."

"뭐라고?"

"단어 하나만 쓰면 될 걸 뭘 주저리주저리 길게 설명하냐?"

"응? 나 그 단어 모르는데?"

"생각해 봐."

"호랑이가 사람을 물어 죽인다는 단어가 있다고?"

"그래, 호환(虎患)이야. 사전 찾아봐."

인터넷을 검색해 보니 정말 호환이라는 말이 있었다.

"호환처럼 무서운 게 마약이고 아이들의 학교 폭력이다. 이 렇게 쓰면 얼마나 좋냐."

"너무 어렵지 않을까?"

"재석아, 어렵다고 해도 알아야 될 단어는 우리가 지켜 줘 야 해. 풀어서만 쓰면 단어를 만들 필요가 뭐가 있겠어? '밥' 대신 '볍씨를 뿌려서 열매가 달리면 껍질을 여러 번 까서 하 얗게 만든 곡식을 물에 넣고 삶아서 만든 양식' 이렇게 쓰면 되지. 근데 '밥'이라고 하면 간단하잖아. 알아듣기도 쉽고. 길 게 설명하는 번잡함을 줄이려고 어휘가 생겼어. 지금도 계속 만들어지고 있고."

눈앞에 불이 확 켜지는 기분이었다. 재석은 자신에게 당장 필요한 건 어휘력임을 깨달았다.

"역시 병조야, 너는 나의 스승이야. 내가 모르는 거 있으면 많이 알려 줘."

이렇게 지도받은 게 얼마 전이었다. 그랬는데 병조의 작품 은 떨어지고 자신의 작품이 실리다니. 병조가 이 사태를 어떻 게 받아들일지 걱정이 되었다.

"재석이 넌 또 왜 얼굴이 어두워?"

보담이 재석의 안색을 살피며 물었다.

"병조 때문에."

재석이 자신의 걱정을 이야기하자 보담이 말했다.

"그건 실력대로 된 거잖아. 네가 뽑은 것도 아니고 문예부에서 뽑은 건데."

"그렇긴 한데 병조가 자존심이 상할까 봐 걱정이 되네."

"뭘 그런 것까지 걱정하냐? 할 수 없지. 나중에 문단에 나가면 비평가에 독자들의 평까지 받는 게 글 쓰는 작가들의 숙명 아니냐?"

민성이 심드렁하게 말했다.

"그렇긴 해."

그때 옆에서 향금이 제안했다.

"위로의 문자라도 하나 보내는 건 어때?"

"그래도 되겠지?"

"알면서도 모른 척하면 더 기분 나빠할 수 있잖아. 친구 관계라는 게……."

향금이의 조언에 재석은 용기를 얻었다.

"그래, 알았어."

재석은 신중하게 문장을 다듬어 가며 문자를 썼다.

병조야, 아까 태수 형 만났는데
내 작품이 이번 교지에 실린대.
근데 네 거는 잘 안 됐다고 하더라.
미안하다.

"이렇게 쓰면 어떨까?"

보담이가 문자를 보고 말했다.

"네 작품이 뽑힌 게 재석이 네가 미안할 일은 아니지. 그냥 위로의 뜻만 담으면 어때?"

"위로? 나한테 위로받으면 자존심이 상하지 않을까?"

"여하튼 다시 써봐."

재석은 조금 더 고민했다.

병조야,
내 작품이 이번에 교지에 실린대.
네 것도 같이 실리면 좋았을 텐데.

"이건 어때?"

"안 그래도 속상할 텐데, 네 거 실린다고 얘기해서 상처에 소금 뿌릴 필요는 없지. 야, 그냥 모른 척하는 게 좋겠다."

가만있던 민성이 끼어들었다.

"아니야, 알면서도 모른 척했다고 섭섭해 할 수도 있어."

"그런가? 정말 어렵다. 뭐라고 위로해야 할지."

그때 문자가 하나 도착했다. 공교롭게도 병조의 문자였다.

"병조가 문자를 보냈네."

"뭐라고?"

> 재석아, 이번에 네 작품이 교지에 실린다며?
> 축하한다. 내 거는 물먹었어.
> 아무튼 축하한다. 네 작품 실린 거.

"이건 무슨 뜻일까?"

"축하한다는 말이 진짜 축하하는 말로 안 보이는데."

냉철한 보담이 문자 뒤의 함의를 말했다.

"그래도 문자가 왔으니까 답은 해야지."

향금의 재촉에 네 아이는 골몰하다가 간신히 답 문자를 결정했다.

병조야, 고맙다. 다 네 덕분이야.
이번엔 어쩌다 운이 좋아서 됐는데
내 작품도 많이 고쳐야 한대.
아무튼 내가 감사의 뜻으로 밥 살게.
우리 엄마 식당에서 한번 보자.

"그래, 이 정도가 좋겠다."

문자를 보내니 병조가 바로 읽었는데도 답은 오지 않았다. 재석은 오지도 않는 답변에 계속 신경이 쓰였다. 그날 아이들과 헤어져 오면서 재석과 민성은 각자 다른 고민을 하소연했다.

"아, 일구란 놈을 찾아서 사과를 시켜야 할 것 같아. 그래야 나까지 완벽하게 용서해 주지."

이건 민성의 고민이었다.

"병조를 어떻게 대하지? 기분 상해 있을 텐데……. 내 잘못도 아닌데 내가 왜 이렇게 불편하냐. 아, 정말 힘들다."

"그래, 힘들다. 힘들어."

시한폭탄

재석은 야간자율학습 시간에 문예부실로 향했다. 교지에 실을 소설을 수정해야 했다. 문예부실의 문을 열고 들어가니 편집위원 두셋이 한쪽에 앉아 원고를 읽고 있었다.

"재석이 왔냐?"

슬쩍 고개를 든 3학년이 알은체를 했다.

"안녕하세요, 형?"

편집위원은 3학년들이 주축이었다.

"너 소설 수정하라는 얘기 들었지?"

"네, 태수 형 만나서 들었어요."

그걸로 끝이었다. 편집위원들은 자기들끼리 대입 수시 모집이 어떻고, 백일장과 문학 장학생, 특기생이 어떻고 하며 이야기꽃을 피웠다.

재석은 가방에서 노트북컴퓨터를 꺼내 투고했던 소설을 불러왔다. 소설에는 여기저기 밑줄이 쳐져 있었고 빨간 글자로 무어라 적혀 있었다. 3학년 편집부원 형들이 낸 의견이었다. 태수는 원고를 첨부한 이메일에 이렇게 썼다.

재석아,
우리 편집부 의견이야.
네가 반영하면 좋고 그러지 않아도 할 수는 없다.
작가의 권한이니까.
하지만 네가 보고 수긍이 되는 것은 반영했으면 해.

밑줄 친 것들을 읽어 보니 주로 문법에 어긋난 것, 혹은 표현이 어색한 것들이었다. 찬찬히 소설을 다시 읽다 보니 급히 투고해서인지 졸렬한 문장이 종종 눈에 띄었다.

곱슬머리 대왕은 직모인 녀석들에게 소리쳐 외쳤다.
"너희는 왜 똑바로 내려간 것이냐? 꼬불꼬불 꼬부라져야 할 것 아니냐? 머리카락은 자고로 꼬부라져야 한다고!"

교실에 있는 머리카락들은 모두 서로 눈치를 보았다. 곱슬머리 대왕이 화를 내면 머리카락이 더욱 꼬부라지고 엉키기 때문이었다.

그 글 밑에 빨간 글자가 이렇게 달려 있었다.

'왜 꼬부라진 게 대왕일까? 오히려 쭉 뻗어 있는 머리칼이 더 세 보이지 않나? 곱슬머리가 대왕인 이유를 더 그럴싸하게 써 줘.'

"이건 비유와 상징으로 쓴 건데."

하지만 잠시 고민해 보니, 곱슬머리를 대왕으로 설정한 것은 별다른 이유가 없었다. 재석은 다시 고쳐 나갔다.

똑바로 펴진 흔해 빠진 직모들은 곱슬머리가 부러웠다. 흔치 않았기 때문이다. 그들은 특이한 곱슬머리를 왕으로 모시기로 결정했다. 이런 결정은 개성과 독특함을 높이 산 까닭이었다.

이런 식으로 소설을 하나씩 고쳐 나가던 재석은 마음 한구석이 불편해졌다. 야자 시간이면 항상 들러서 소설을 쓰거나 책을 읽던 병조가 여태 코빼기도 비치지 않았던 것이다.

"형, 오늘 병조 왔다 갔어요?"

편집회의를 하고 있던 태수가 대답했다.

"안 왔는데."

"아, 네."

병조를 만나면 자신의 작품이 뽑혀서 미안하다고 말해야 하나 고민하고 있던 재석이었다. 작품을 고치고 있자니 시간은 어느새 훌쩍 지나 약속 시간이 가까워졌다. 저녁 여덟시에 다같이 자연이를 만나기로 되어 있었다.

보담은 오랜 고민 끝에 자연이 문제를 해결하기 위한 방법을 하나 제안했다.

"얘들아, 우리가 자연이와 친구가 되어 주자. 마음에 상처가 있는 아이잖아."

보담의 제안에 민성은 껄끄러워했다.

"야, 하지만 걔가 오케이 할까?"

"덥석 그러자고 하겠어? 하지만 마음을 열도록 우리가 노력해야지."

"그, 글쎄, 그런다고……."

민성이 주저하자 보담이 단호하게 말했다.

"될 때까지 해야지. 그 상처를 준 건 너였잖아. 너를 위해 우리가 같이 고민하고 방법을 찾자는데 반응이 그게 뭐야?"

순간 분위기가 썰렁해졌다. 보담이 누군가에게 그토록 큰 소리를 낸 적이 없었기 때문이다.

"미안해. 내 말은 그게 아니라, 우리는 친구가 되어 준다지만 자연이 마음의 상처가 그렇게 쉽게 낫겠느냐는 거야."

"내가 어디에서 들었는데, 다문화가정 중에 일본에서 시집온 며느리가 있었대. 그런데 시아버지가 일제 강점기 때 징용을 가서 일본 사람들한테 심하게 매를 맞고 학대를 받아서 트라우마가 생긴 분이었대. 반대하는 결혼을 해서 며느리가 그 집에 들어가니까 시아버지가 쳐다보지도 않으려고 했대."

"그래? 정말 괴로웠겠다."

공감 능력이 뛰어난 향금이 안타까워했다.

"그런데 이 며느리가 참 슬기로운 사람이었던 것 같아. 아침마다 문안 인사를 가서 시아버지한테 죄송하다고 말했다는 거야. '아버님, 우리 일본 사람들이 아버님께 상처를 드려서 죄송합니다. 제가 대신 사죄드려요. 용서해 주세요.' 이렇게."

"그러니까 할아버지가 용서해 주셨대?"

"용서할 리가 없지. 뒤돌아 앉으면서 문을 꽝 닫고 얼굴도 보지 않으려고 했대."

"그러면 며느리도 화가 났을 거 아냐?"

"그렇지 않았대. 며느리는 다음 날도 가고, 그다음 날도 또 갔대. 매일 문안 인사 가서 시아버지를 볼 때마다 머리를 조아렸대. '아버님, 우리 일본을 용서해 주세요. 잘못했습니다. 일본을 용서해 주세요.' 이렇게."

"와, 정말 대단하다. 어떻게 그럴 수가 있지?"

"그러게 말이야. 그렇게 10년을 하셨대."

"그래서 어떻게 되었어?"

"어느 날 아침, 인사하러 갔더니 시아버지가 문을 열고 나오면서 환하게 웃더래. '애야, 네가 끝없이 사과해 준 덕분에 내 마음속 상처가 다 아물었다. 그동안 우리 며느리 얼마나 고생했니? 이제 사과하러 오지 않아도 된다.' 그렇게 할아버지 트라우마가 다 치유됐다는 거야."

"와, 정말 대단하다."

"기적이다."

보담의 이야기를 들으며 재석은 인간관계에서 진정한 용서를 받는다는 게 얼마나 어려운지 새삼 깨달았다. 그동안 철없이 행동하며 남에게 폐를 끼친 일들을 돌이켜 보았다. 세상은 나를 중심으로 돌아간다는 생각에, 지나치게 자신만 내세우다 주변을 돌아보지 못하고 헤아리지 못했던 일들이 부지기수였다. 생각이 얕아서이기도 했고, 치기 어린 반항심이기도 했으며, 무지를 가장한 이기심이기도 했다.

보담이 계속 말했다.

"그러니까 우리도 자연이를 한결같이 친절하게 대해 주어야 해. 특히 민성이 너는 볼 때마다 미안하다고 사과해야하고."

"아, 평생 하란 말이야?"

향금이 민성의 옆구리를 쿡 찔렀다.

"자연이는 평생 시달리고 있잖아. 상처가 치유될 때까지 해야지."

"아, 아, 알았어. 하는 데까지 해볼게."

그렇게 해서 오늘 자연이를 만나 함께 주말 나들이를 가자고 제안해 보기로 한 거였다.

소설 다듬던 일을 대충 정리한 뒤 재석은 노트북을 덮고 자리에서 일어났다. 태수가 물었다.

"소설 다 고쳤니? 마감은 이번 주말까지다."

"네, 형. 주말까지 좀 더 다듬어 볼게요. 고치려고 보니 이것저것 자꾸 걸려서요."

"하, 그렇지? 그래서 쓰는 것보다 고치는 게 어렵다고들 하지. 잘 가라."

"네."

문예부 선배들은 스마트폰을 들여다보며 낄낄거리고 있었다. 재석은 선배들에게 가볍게 인사를 건네고 문예부실을 나와 스마트폰을 켰다. 민성의 유튜브 채널을 보기 위해서였다.

'민성TV'는 1주일 넘게 새로운 콘텐츠가 올라오지 않고 있었다. 얼마 전까지 하루가 멀다 하고 새 동영상을 올리던 민성이었다.

"구독자 만 명을 넘기는 게 나의 목표야. 만 명이 넘으면서부터 수익이 생긴대."

"수익? 어떻게, 얼마나 생기는데?"

"광고 수익이지. 광고에 따라 다르긴 하다는데 자세히는 모르겠어. 하여간 유튜브로 수익 버는 사람도 많다잖아."

민성은 유튜브 예찬론자가 되어 침을 튀겨 가며 재석에게 설파했었다. 그랬던 민성이 자연이 사건 뒤로 인터넷 세상을 두려워하고 있었다. 민성TV에도 심상치 않은 댓글이 슬슬 올라왔던 것이다.

– 왕따 폭력 가해자가 유튜브를 하다니, 사실이냐?
– 인간 같지도 않은 놈이 인기를 얻어서야 되겠나?! 세상 망치는
  일이다.

이러한 댓글들이 달리면서 민성은 아예 제 유튜브 채널을 멀리했다.

재석은 교실로 가자마자 민성에게 다가가 책상을 발로 툭 찼다. 민성은 책상에서 엎드려 자고 있었다.

"야, 가자."

"으, 응?"

재석은 잠은 참 무정도 하다고 생각했다. 슬픔과 고통에 괴로워하면서도 결국은 잠에 빠져들고 말지 않는가.

"약속 있잖아, 오늘 우리."

"아, 그렇지."

민성이 비틀거리며 자리에서 일어났다.

"야야, 정신 차리고 침 좀 닦아라."

손등으로 슥 문지르는 민성의 얼굴에 침이 번졌다.

"애들 기다릴라. 빨리 가자."

먼저 앞장서 걸어가는 재석의 뒤를 민성은 마지못해 따라나섰다.

"아, 가기 싫은데……."

"너 일본인 며느리 얘기 들었잖아! 열심히 사죄하니까 상처가 치유됐다잖아. 너도 해봐."

"아, 정말 사과하는 게 이렇게 괴로운 줄 몰랐다."

학교 건물을 빠져나오며 재석은 고통스러워하는 민성의 등을 두드려 주었다.

"근데 너, 유튜브에 왜 동영상도 안 올리고 그래?"

"올리는 게 겁나. 올리기만 하면 악성 댓글이 달릴 텐데 뭐. 나 유튜브 안 본 지 오래됐어."

"야, 너 구독자 만 명 넘겨서 돈 벌 거라며?"

"지금 그게 문제냐? 내가 죽게 생겼는데."

"그러니까 민성아, 오늘부터 자연이랑 친해지라고!"

"안 그래도 향금이가 자연이한테 줄 선물 사 오래서 이걸 하나 사긴 샀어."

민성이 요즘 유행하는 캐릭터 인형을 꺼내 보였다. 애초에는 메신저의 이모티콘이었는데 이제는 그 회사 전무님이라고 부를 정도로 수익을 올리는 인형이었다.

"이런 거 좋아하려나? 요즘 인기 많다던데……."

"뭐든 마음인 거지 뭐."

카페에 도착하니 여자애들은 벌써 와 있었다.

"얘들아, 우리 왔어."

"응, 어서 와."

교복을 입은 자연이는 여전히 잔뜩 움츠린 채로 민성의 눈치만 살폈다. 향금이 자연이를 턱짓하며 입 모양으로 민성에게 말했다.

"야, 친한 척 말 걸면서 사과해."

민성은 주뼛주뼛하며 자연에게 다가갔다.

"자, 자연아. 안녕?"

"으……, 으응."

모기만 한 대답을 들으며 민성과 재석은 자리에 둘러앉았다. 재석은 일부러 활기찬 얼굴로 말했다.

"야, 우리 내일 어디 놀러 갈까?"

자연이는 계속 아이들의 눈을 피하고 있었다. 민성은 그런 자연이를 보며 말했다.

"자연아, 가고 싶은 데 없어? 우리 같이 가자."

잠시 머뭇거리다 자연이 입을 열었다.

"너희 날 위해서 애써 그럴 필요 없어. 나 놀러 가고 싶지 않아, 너희하고."

이번에는 눈치 빠른 향금이 말했다.

"자연아, 민성이가 미안해서 그러잖아. 사과 좀 받아 줘."

민성도 눈치 빠르게 애원하는 자세로 모드를 바꿨다.

"자연아, 미안해. 내가 정말 잘못했어. 철이 없어 그랬다. 또 무릎이라도 꿇을게."

민성이 의자를 밀치며 자리에서 일어나자 자연이 손사래를

첬다.

"아니야, 아니야. 사람들 보잖아."

민성은 정말 지옥이 따로 없는 것 같았다. 어릴 적 저지른 잘못으로 이렇게까지 해야 하다니, 좀 억울하다는 생각도 들었다. 다시 자리에 앉자 보담이 정리했다.

"자연이가 놀이공원에 한 번도 안 가봤대."

"정말?"

"우리 내일 놀이공원에 가는 게 어떨까?"

"괜찮아. 나는 좋아. 민성아, 너는 어때?"

"응, 나야 뭐 어디든 좋지."

하지만 자연이가 대답이 없었다.

"자연아, 놀이공원 가면 재밌어. 이번에 새로운 놀이기구도 들어왔다니까 내일 같이 가서 놀자."

"응."

아이들은 자연이가 시한폭탄처럼 조심스럽기만 했다. 자연의 마음이 풀리지 않으면 언제나 이럴 터였다. 민성의 악성 댓글 문제도 마찬가지였다. 민성은 힘겹게 입을 열었다.

"자연아, 옛날에 내가 너를 괴롭힌 일은 다시 한 번 사과할게. 나도 요즘 힘들어. 악성 댓글에 시달려서 유튜브도 올리지 않아. 어쩌다 내가 그런 짓을 했는지, 요즘 나도 죽을 만큼 괴로워. 미안해."

민성의 말을 듣고 자연이가 갑자기 흐느끼기 시작했다.

"왜 그래? 자연아, 왜 그래?"

향금이 자연이 입에 귀를 바짝 갖다 댔다. 자연이는 당장 가방 들고 도망갈 기세로 뭐라고 중얼댔다.

"응? 그래그래. 맞아, 이해해."

향금은 모기 소리 같은 자연이의 목소리에 잔뜩 귀를 기울이며 고개를 끄덕이더니 민성에게 말했다.

"민성아, 너 사과해."

"내가 뭘? 지금 사과하고 있잖아."

"네가 괴롭다고? 설마 너한테 당한 자연이만큼 괴로울까? 가해자는 자기가 자초한 일이라지만 피해자는 뭐야? 이유도 없이 당한 거잖아. 잘못도 없이 당했으니 얼마나 억울하고 힘들고 괴롭겠어? 민성이 너는 반성하고 부끄러워해야 할 판에, 되레 자연이한테 힘들다고 하소연하는 거야?"

"……."

민성은 할 말이 없었다. 구구절절 옳은 말이었다. 민성의 고통은 자신이 저지른 잘못에서 비롯되었지만 자연이는 그렇지 않았다. 그저 약하다는 이유로 고통을 당한 것이다. 그건 자연이의 잘못이 아니었다.

"자연아, 미안해. 내가 부끄러운 짓을 했어. 정말 진심으로 반성할게."

민성은 잘못을 시인했다. 들썩이던 자연이의 어깨가 잠잠해졌다.

재석은 그 모습을 보며 이대로는 안 되겠다 생각했다. 자연이 상처가 치유되지 않으면 언제 또 어떻게 폭발할지 알 수 없었다. 자연이 정서 상태가 너무 불안했다.

"자자, 자연아, 우리 민성이는 결심했어. 어린 시절의 잘못을 반성하고 있고, 네가 용서해 줄 때까지 사죄하기로 했어. 그러니까 이제 두려워하거나 괴로워하지 마. 욕하고 싶으면 맘껏 욕하고, 화내고 싶으면 실컷 화내. 그렇게 네 마음의 응어리를 풀어."

재석의 말에 자연이가 눈을 반짝였다.

"정말? 그래도 돼?"

"그래, 민성이는 각오하고 왔어. 그러니까 네가 하고 싶은 대로 해."

자연이는 차츰 평온해졌다.

아이들은 자연이와 다음 날 만나서 놀이공원에 가기로 약속하고 헤어졌다. 향금과 보담이 캐릭터 인형을 들고 자연이와 가고, 민성과 재석은 헤어져서 각자 집으로 돌아갔다.

재석은 답답했다. 이대로는 민성도 자유로울 수 없었고, 자신도 병조 일로 불편했다. 상담할 사람은 김태호 선생뿐이었다. 벌써 열시가 넘은 시각이었지만 재석은 전화를 걸었다.

 "선생님."

 "어, 웬일이냐? 나 지금 미드 보고 있어. 웬만하면 나중에 통화하자."

 "선생님, 미드는 일시정지 하면 되잖아요?"

 "에잇, 자식! 그래, 밤늦은 시간에 어찌 선생님의 행복한 시간을 방해하는 거냐?"

 "선생님, 지금 민성이가 지쳐 가고 있어요. 그리고 저도 고민이 있고요."

 "민성이 일은 지난번에 들었고, 재석이 너는 왜 또?"

 "이번에 제 소설이 교지에 실리는 일로 병조하고 관계가 어색해졌거든요. 병조는 오늘 문예부실에 오지도 않았어요. 하루라도 문예부실에 안 가면 입에 가시가 돋는 앤데. 그리고 민성이 일은 자연이란 친구의 상처가 너무 깊어요. 어떻게 하면 좋을까요?"

 "요즘 너희가 많이 힘들겠구나. 내가 주변에 자문을 좀 구해 봤다. 상담해 줄 분도 물색해 놨고."

 "정말이요?"

"그래, 그런 문제는 애매해서……. 왕따나 폭력도 아니고 심리적인 건데 정신과 의사를 볼 것도 아니고 말이야. 아무튼 내가 연락해 보고 알려 주마."

"선생님, 고맙습니다. 꼭 좀 부탁드려요."

재석은 집으로 바로 가지 않고 엄마의 식당으로 향했다. 엄마가 식당 문을 닫으면 함께 집으로 가기 위해서였다. 엄마와 집으로 가는 길에 핸드폰에 문자가 떴다.

이인영 선생
관계문제 연구소 대표
010- 5392- ****

"관계문제 연구소?"

샘의 고교 동창이다.
전문 상담가인데 얼마 전 상담소를
열었다고 하는구나.
얘기해 놓을 테니
연락하고 찾아가 봐라.

재석은 연구소 이름이 좋다는 생각을 하며 아이들과 함께 꼭 이인영 대표를 찾아가리라 마음먹었다.

사과의 기술

대공원역 4번 출구는 사람들로 북적였다. 주말을 맞이하여 사람들이 봄기운을 만끽하러 대공원으로 몰려오는 모양이었다. 재석과 민성, 보담과 향금은 대공원역에 모여 이야기를 나누고 있었다.

"자연이는 왜 아직도 안 와?"

짜증 섞인 어조로 재석이 말했다.

"분명히 온다고 했어. 좀 늦나 봐."

"맞아, 걔 서울에서 산 시간이 얼마 안 돼 아직 길을 잘 모르는 것 같아."

보담과 향금은 자기들 잘못이라도 되는 듯 자연이를 싸고 돌았다.

"빨리 와야 할 텐데."

어젯밤 약속대로 오늘은 자연이를 데리고 놀이공원에 가기로 되어 있었다. 자연이와 함께 어울려 놀면서 마음의 상처를 보듬고 가슴의 응어리를 풀어 주는 것이 네 아이의 계획이었다. 친해지면 자연스럽게 섭섭했던 감정은 사라질 터였다.

"자연이 학교생활은 어때?"

재석의 물음에 향금이 답했다.

"조용해. 그런데 아이들이 걔를 슬슬 피해."

"정말? 왜?"

"SNS나 인터넷 사이트에서 막 폭탄 발언을 하니까 겁이 나는 거지."

"그러다가 언론이나 방송에 알려질 수도 있대. 그러면 학교가 골치 아파지는 건데……."

언론이나 방송이라는 말을 듣자 민성의 얼굴이 굳어졌다.

"자연이는 또다시 왕따를 당하고 있어."

보담이 걱정스러운 어조로 말했다. 민성은 들고 온 카메라를 이것저것 조작하는 척하면서 애써 외면했다. 원인 제공을 자기가 한 것만 같아서였다.

"민성아, 괜찮아. 너 때문만은 아니야."

보담이 그런 민성을 위로했다.

"내가 그때 왜 그렇게 철없는 짓을 했는지 모르겠다."

민성은 굳은 얼굴로 카메라만 만지작거렸다. 요즘 유튜브에 동영상을 올리지 않지만 편집 작업까지 멈추지는 않았다. 우울하다고 모든 일에 손 놓고 있을 때 재석이가 와서 다그쳤기 때문이다.

"야, 유튜브에 새 동영상을 올리지 않는 건 이해하지만 넌 피디라든가 영상 관련 일을 하는 게 꿈이잖아."

"꿈이고 뭐고 당장 나는 학교도 가기 싫어. 애들이 다 나를 이상하게 보는 것만 같다고."

"곧 다 지나가. 지혜의 왕 솔로몬이 뭐랬는 줄 알아? '이 또한 지나가리라!' 조금만 더 버텨. 그리고 그사이 뭐라도 찍어서 편집 작업은 계속하고 있으라구."

유튜브에 올리는 동영상은 7할이 편집이었다. 영상을 찍는 일은 극히 일부였다. 자막이나 음악, 특수효과를 넣고 편집하는 일이 더 큰일이었다. 재석은 동영상 편집을 보면서 글쓰기와 비슷하다고 생각했다. 글도 편집이 7할이었다. 써놓은 글을 고치고 다듬고 다시 뜯어내는 퇴고 작업은 필수였다.

"야, 소설 발표하기 싫다고 습작은커녕 퇴고도 아예 안 하면 되겠냐? 예술가한테는 자기만족이 가장 먼저잖아. 교지에 실을 소설도 다시 보니 손댈 게 끝이 없더라."

그건 사실이었다. 교지에 실을 소설을 다듬다 보니까 이야기도 바뀌고 구조도 바뀌어 가고 있었다.

"민성아, 오늘 걷지 않으면 내일은 뛰어야 한다는 말이 있어. 오늘 할 일을 내일로 미루지 말라는 말도 있고."

연이은 재석의 말 펀치에 민성은 정신이 번쩍 들었다.

"그래, 맞다. 무엇이든 찍고 편집해 놔야겠다. 머리 복잡한데 작업하면서 잠시 잊을 수도 있고."

"그래. 자연이가 좋아지고 상황이 바뀌면, 그동안 네가 놀지 않았다는 걸 너의 유튜브 시청자들에게 보여 줘야지."

민성TV는 그래도 구독자가 조금씩 늘고 있었다. 재석은 가끔 민성의 채널에 등장하기도 했고 이런저런 작업을 거들기도 했기 때문에 모든 사정을 잘 알고 있었다.

그렇게 민성은 재석의 응원에 용기를 내서 카메라를 들고 오늘 약속에 나왔던 것이다.

"30분이 지났는데도 안 나타나네. 문자 보내 볼게."

향금이 문자를 보냈다.

> 자연아, 어디쯤 왔니?
> 우리 다 와서 기다리고 있어.

5분쯤 지나자 문자가 도착했다.

> 나 이제 출발해. 늦잠을 잤어.
> 너희 먼저 놀고 있으면 안 돼?
> 놀이공원에 도착하면 연락할게.

"자연이가 좀 늦는대."

"그럼 우리끼리 가서 먼저 놀고 있자."

네 아이는 매표소로 향했다. 표를 사서 놀이공원 안으로 들어갔는데 그다지 기분이 유쾌하지 않았다. 재석은 놀이공원와서 이렇게 개운치 않기는 처음이었다.

"자연이가 정말 오기는 올까?"

"온다고 그랬잖아. 넌 왜 사람을 못 믿니?"

향금이 재석을 보며 살짝 눈을 흘겼다.

"아니, 그 성격에 마음이 변할 수도 있으니까."

"걱정하지 마. 올 거야. 그리고 올지 안 올지 모르는 일에 괜히 먼저 기분 상할 필요는 없어."

향금이 밝고 명랑하게 말했다.

민성은 카메라를 들고 여기저기를 찍기 시작했다. 언제 우울했냐는 듯 배경화면으로 쓸 장면을 찍으러 바쁘게 돌아다녔다. 놀이공원은 갖가지 꽃들이 서로 아름다움을 다투듯 활짝 피어 있었다. 향금과 보담도 모처럼 학교와 학원에서 벗어나서인지 표정이 한결 밝아졌다. 놀이기구를 하나 타고 내려올 때까지도 자연이는 나타나지 않았다.

"자연이가 왜 여태 안 오지? 야, 전화 좀 해봐."

향금이 자연에게 전화를 걸었다. 그러나 들려오는 소리는 전화를 받지 못한다는 기계적인 안내 메시지뿐이었다.

"이상하다. 전화를 받지 못한대. 어쩌지?"

"큰일이네!"

그때 핸드폰을 들여다보던 민성이 아이들을 불렀다.

"얘들아, 지금 스트리밍 방송이 나와."

"뭔데?"

"화란이 기자회견을 한대."

"화란이면, 이번에 브랜뉴에서 문제가 있었던 그 보컬?"

"그렇지. 어디 보자, 어디."

네 아이는 핸드폰으로 실시간 기자회견을 보았다. 봉식이 매니저 역할을 해주는 그 브랜뉴였다. 기자이면서 유튜브 방송을 진행하는 유튜버가 중계하고 있었다.

"여러분, 저는 지금 시리지 호텔 컨벤션센터에 나와 있습니다. 오늘 걸그룹 브랜뉴의 화란이 이곳에서 대국민 사과를 한다고 합니다. 제 개인 방송으로 여러분에게 스트리밍 해드리도록 하겠습니다. 아, 말씀드리는 순간 화란이 들어오고 있습니다."

화란은 깔끔한 정장 차림으로 차분하게 무대 위로 올라와 허리가 90도가 되도록 인사를 했다. 진한 화장에 화려한 의상을 입고 현란하게 춤추던 모습은 간데없었다. 여기저기에서 플래시가 어지럽게 터졌다. 화란이 인사를 하고 자리에 앉자 사회자가 진행을 했다.

"기자 여러분, 오늘 화란 양이 그동안의 사태에 해명을 함과 동시에 대국민 사과를 하도록 하겠습니다."

화란은 가져온 사과문을 읽어 내려갔다.

"국민 여러분, 그동안 저를 사랑해 주신 팬 여러분, 이런 자리에서 인사하게 되어 대단히 송구스럽고 죄송합니다."

이 대목에서 벌써 화란은 울먹였다.

"저는 어린 시절 아버지도 없이 홀어머니의 손에서 자랐습니다. 사랑받지 못했던 저는 어머니의 기대에 부응하지 못하고 학교에서 불성실한 행동을 일삼았습니다. 그랬던 저를 잡아 준 분이 바로 대흥기획 사장님입니다. 사장님이 저에게 희

망을 주셔서 연예인의 꿈을 갖게 되었고, 저는 그때부터 성실히 노력하여 지금까지 여러분의 사랑을 받고 있습니다. 하지만 어린 시절 저의 행동으로 여전히 고통받는 분들이 있다고 합니다. 저는 불우한 환경에서 자라면서 철이 없었고 판단력이 부족했습니다. 주변을 살필 줄 몰라 이러한 사건을 저질렀습니다. 뒤늦게 이를 해결하기 위해 피해자와 연락을 취했지만 여러 가지 이유로 결국 한 사람의 마음에 큰 상처를 주었습니다. 국민 여러분께 사과드립니다. 앞으로는 이런 불미스런 일이 없도록 하겠습니다. 자숙하면서 국민 여러분의 용서를 받도록 애쓰겠습니다. 우리 한류의 바람이 저로 인해서 식지 않기를 감히 바랍니다. 브랜뉴의 멤버들에게도 무한한 사과의 말씀을 드립니다."

화란은 사과문을 읽는 내내 눈물을 훌쩍였다. 낭독이 끝나고 기자들이 질문을 하는데 보담이 벌떡 일어났다.

"야, 꺼버려!"

"왜?"

"저게 무슨 사과니?"

"응? 국민들 앞에 나와서 눈물 흘리며 진정성 있게 사과하는데, 왜?"

"나는 저거 사과 아니라고 생각해."

그러자 민성이 발끈했다.

"보담아, 사과하는 거 진짜 쉽지 않아. 어렵게 사과했는데 받아 줘야지."

"민성아, 사과가 쉽지 않은 건 사실이야. 하지만 저런 사과는 아니라고 생각해. 지금 피해 당사자에겐 한마디 사과도 안 하면서 국민들에게만 사과하고 있잖아."

"어, 정말."

"국민들에게 왜 사과를 해? 피해자에게 먼저 사과를 해야지. 화란은 아직도 자기가 뭘 잘못했는지 모르는 거 같아."

보담은 갑자기 사과에 대해서 열변을 토했다.

"화란은 아직 자기의 잘못을 받아들이지 못하는 거야. 지금도 활동하지 못하는 것만 억울해 하고 있잖아."

"설마."

"신곡 내고 지금 한창 활동해야 하는데 제동이 걸려서 그것만 속상한 거야. 국민들의 질타가 두려운 거지. 그 친구가 얼마나 고통받고 있는지는 전혀 신경 안 쓰고 있어."

"정말 그럴까? 사과문이야 회사에서 써준 걸 텐데 뭐."

재석이 말했다.

"물론 회사에서 써줬겠지. 그런데 의도가 있는 것 같아."

"그래?"

"국민들에게 사과하면서 자기 잘못은 얼버무리는 게 아닌가 싶어."

"내가 해보니 사과하는 건 정말 어려운 일이야. 어떻게 사과해야 할지도 모르겠고."

"하지만 사과할 건 끝까지 사과하고 넘어가야 하지 않을까? 내 생각에는 화란이 자신에게 책임이 있다는 걸 인정하고 피해자에게 용서받는 게 먼저 같아."

보담이 차분하게 설명을 했다.

"저 사과는 잘못됐어. 피해자한테 어떻게 잘못을 저질렀는지 구체적으로 조목조목 이야기하고 용서를 구해야 해. 피해자의 마음이 풀릴 수 있도록 비굴한 기분이 들더라도 거듭거듭 사과해야 되는데……."

"그럼 나는 지금 잘하고 있는 거네? 난 직접 무릎까지 꿇었잖아."

"나도 꿇었어."

재석이 옆에서 끼어들었다. 민성은 한숨을 내쉬며 말했다.

"사과 제대로 하는 것도 참 어렵구나."

"그럼. 진심을 다하지 않으면 안 돼. 상처가 깊어지면 쉽게 아물지 않거든."

보담은 잠깐 생각하더니 다시 말했다.

"진짜 사과는 사과한 이후의 계획도 말해야 하는 거 같아. 아까 화란은 자신이 괴롭혔던 친구에게 어떻게 용서를 구하고 보상해 줄 건지 전혀 말하지 않았어."

"아, 듣고 보니 그러네."

"나라면 먼저 진심으로 사과하면서 용서를 구한 다음, 그 친구가 받아 준다면 앞으로 친하게 지내겠다든가 그 친구의 정신적 물질적 피해를 보상하겠다든가 이런 이야길 할 것 같아. 난 그게 책임 있는 행동이라고 생각해. 화란은 자신의 잘못을 어떻게 책임지겠단 말이 없었어."

"그래, 보담이 말이 맞네."

향금이 맞장구쳤다. 재석이 문득 시계를 보고 말했다.

"야, 근데 오늘 아무래도 자연인 안 올 거 같아."

"그치?"

"자연이가 우리를 피하는 것 같아."

민성은 재석이의 말에 다시 침울해졌다. 이대로 용서받지 못하면 찜찜한 상태에서 시간을 보내야 했다.

"야! 나두 나중에 오스카상 같은 거 받으면서 유명해졌는데 갑자기 자연이가 나타나서 어렸을 때 자기 괴롭혔다고 떠들어 버리면 어떻게 되냐?"

"야, 일단 유명인이 먼저 된 다음에 얘기하자."

"그러게 말이야. 하하하!"

그때 민성이 혼잣말처럼 중얼거렸다.

"알았어. 나 자연이한테 끝까지 사과할게."

아이들은 마음이 썩 편치는 않았지만 놀이공원에 온 김에 이것저것 놀이기구를 타며 봄나들이를 즐겼다. 점심때가 되어 햄버거 가게에 들어갔을 때 이번에는 향금이 휴대폰을 들여다보다 깜짝 놀라며 말했다.

"얘들아, 이거 봐, 이거. 화란의 기자회견 기사 떴어."

"반응이 어때?"

댓글을 보았더니 아니나 다를까 악플이 엄청나게 달렸다.

- 이걸 사과라고 하냐? 차라리 입 닥치고 있지.
- 아, 진짜 반성을 모르네. 그때나 지금이나 여전히 가해자.
- 가해자는 즐겁게 때렸을지 모르지만 피해자는 지금도 어둠 속에서 흐느끼고 있잖아.

"와, 정말 무섭다. 우리만 그런 생각을 한 게 아니었구나."

"거봐, 진정성 없는 사과를 하니까 이렇게 되잖아."

댓글을 보면서 재석은 생각에 잠겼다. 몇 번 만나 보니 자연이는 어릴 때의 상처로 지금도 고통스러운 시간을 보내는 듯 보였다. 민성이 용서받는 것도 중요하지만, 지금은 자연이가 상담과 치료를 받는 것이 급선무였다.

"향금아, 자연이네 부모님은 상담 치료에 대해 뭐라고 하신대?"

"저번에 물어봤는데 부모님은 자연이에게 크게 관심이 없으시대."

"정말?"

"응. 어렸을 때부터 학교에서 힘든 일이 있었다고 말해도 그냥 무관심하셨다는데, 모르지 뭐. 부모님 말씀을 들어 보면 또 다를지. 아무튼 그래서 자연이가 더 외로운 거 같아."

놀이공원에서 놀고 있을 때였다. 이번에는 보담이 깜짝 놀라 아이들을 불렀다.

"야, SNS에 자연이 글이 올라왔어. 엄청나게 길어."

"정말?"

아이들은 일제히 SNS에 올린 자연이의 글을 읽기 시작했다.

나에게는 악마들이 있다. 그 악마들은 이유 없이 나를 놀려 먹고 괴롭히고 못살게 군다.

나는 놀리기 좋은 사람인가?

나는 감정이 없는 동물인가?

왜 그들은 나를 괴롭히는 걸까?

나는 죽을 때까지 그들의 이름과 행동을 잊을 수 없을 것이다.

눈만 감으면 지금도 그들이 나를 괴롭히고 나를 어둠의 구렁텅이에 빠뜨릴 것만 같다.

나는 이러한 고통을 겪으며 살고 있는데 나를 괴롭힌 아이들은 지금 행복한 미소를 지으며 놀이공원에서 놀고 있다.

과연 그들이 즐거운 시간을 보낸다는 것이 가당키나 한 일인가. 누군가를 지옥에 빠뜨리고 희희낙락하는 것이 합당한 일인가 말이다.

나는 어느 누구에게도 나의 고통을 말할 수 없다. 부모님도 나를 버렸고 학교 선생님, 친구들도 나를 무시한다. 이런 상황에서 내가 학교를 다녀야 된단 말인가.

세상은 나를 빼고 자기들끼리 돌아가고 있다.

이런 더러운 세상에서 나는 숨조차 쉬고 싶지 않다.

……

글은 계속 이어졌지만 모두 자신에 대한 푸념과 세상에 대한 원망뿐이었다.

"자연이가 뭔가 오해한 것 같아."

"그러게 말이야. 우리는 모두 자기를 괴롭힌 사람이네."

"안 되겠다. 우리 여기서 이러고 있을 게 아니라 빨리 자연이를 만나러 가자. 안 만나 주면 집 앞에서라도 기다리자."

보담의 의견이었다.

네 친구는 우울한 주말이 될 것 같은 예감에 사로잡힌 채 자연의 집으로 향했다. 향금은 버스를 타고 가면서 자연이에게 계속 문자를 보냈다.

> 자연아, 우리 지금 너네 집으로 가고 있어.
> 잠시만 만나 줘.
>
> 자연아, 네가 올린 글 잘 봤어.
> 다 맞는 말이야.
> 너를 괴롭힌 아이들은 분명히 반성해야 해.
> 하지만 우리가 놀이공원 가자고 한 건
> 너와 친해지기 위해서였어. 오해 말아 줘.

잠시 후 자연이에게서 문자가 왔다.

> 미안해. 놀이공원 가기가 망설여져서
> 이런저런 생각을 하다 보니
> 갑자기 내가 너무 바보 같고
> 억울하다는 생각이 들어서 그만.
> 너희 만날게. 하지만 남자애들은 나중에….

그래. 재석이하고 민성이는 보낼게.
우리가 너네 집 앞에 있는
빵집으로 갈 테니까 다섯시에 만나자.

알았어.

결국 재석과 민성은 이번 자리에서도 빠지기로 했다.

"너희를 만나는 게 부담스러운 모양이야."

"하지만 다 나 때문인데 내가 가서 사과해야 하지 않을까?"

그러자 향금이 말했다.

"네 사과는 저번에도 받아서 또 받기가 부담스럽고 미안할 거야. 우리를 만나서 속마음을 털어놓고 싶은 것 같아. 이야 기를 들어줄 친구가 필요한 거지."

"맞아, 친구가 필요해. 김태호 선생님이 상담 전문가 샘을 소개해 주신 거 알지? 너희가 가서 자연이 좀 잘 설득해 봐. 같이 가자고."

"쉽진 않겠지만 얘기해 볼게."

보담이 고개를 끄덕이며 말했다. 재석은 보담과 향금을 보 내고 민성과 동네에서 헤어졌다.

집으로 돌아온 재석은 머리가 복잡했다. 좋은 마음으로 놀이공원을 가자고 한 거였는데, 일이 왜 그렇게 꼬인 건지 알 수가 없었다. 아무리 상처가 있다고 해도 친구가 되어 주려고 일부러 시간을 낸 건데, SNS에서 엉뚱하게 비난까지 하는 건 너무하다는 생각이 들었다.

재석은 진정한 친구란 무엇일까 고민하며 생각을 정리하려고 컴퓨터를 켰다. 역시 뜨거운 머리를 식히는 데는 글쓰기가 최고였다.

친구는 왜 좋은가?

우리는 흔히 같이 웃을 수 있고 도움을 주는 사람을 친구라고 한다. 아니 무슨 이야기를 해도 받아 줄 수 있는 사람을 친구라고 한다. 다른 정의를 내릴 수도 있다. 기분이 꿀꿀할 때 나를 기분 좋게 해주고 기운을 북돋워 주는 친구는 정말 좋은 친구일 것이다. 아니다. 다르게 생각하면 진짜 좋은 친구는 서로 경쟁하거나 비교하지 않는 친구일 수도 있다.

친구에 대한 생각과 정의는 이렇게 많고 복잡하다. 또 다른 생각도 해볼 수 있다. 내가 불리한 상황, 그러니까 내가 잘못했어도 나를 응원해 주고 보호해 주는 사람이 진짜 친구가 아닐까?

과제를 수행할 때도 친구를 사귈 수 있다. 내가 하는 일을 존중해 주고 도와주는 사람은 친구일 것이다. 물론 언제나 믿어 주는 사람도 친구다. 뿐만 아니라 내가 좋아하는 것 내가 싫어하는 것을 알고 배려해 주는 사람도 친구이다.

나는 친구를 통해 무엇을 얻으려고 하는 걸까? 진짜 좋은 친구는 어떤 사람일까? 이 모든 조건에 들어맞아야 한다면 완벽한 사람만이 친구가 될 수 있나? 아니면 이중에 하나만 해당돼도 좋은 친구일까? 다른 단점이 있다면 어떻게 하나?

재석은 글을 쓰면서 친구의 정의가 무한히 많다는 것을 알았다. 하지만 그 범위는 도통 알 수가 없었다.

함께 학교에 다니는 동창들은 모두 친구이다. 그러나 얼굴도 모르고 알지도 못한다. 사회에 나가면 그러한 친구들도 친하다고 사방에 이야기하겠지. 동창들은 다 친구인 셈이니까. 그러나 동창들끼리 치고받고 싸우고 원수가 되는 경우도 있지 않은가. 이들도 친구인가?

진짜 친구는 내가 필요할 때 곁에 있어 주는 사람이 아닐까 싶다. 무슨 일이 있을 때 말하지 않아도 눈치 채고 도와주는 친구, 그렇게 나에게 관심을 갖고 애정을 주는 사람이 진짜 친구가 아닐까? 흔히들 우정을 이야기하지만 이름만 우정일 뿐 대부분은 그저 동창 정도인 친구들은 진짜 친구는 아닌 것 같다.

재석은 자신이 중요하게 여기는 친구의 조건을 다시 추려 보았다.

1. 진짜 친구는 용서할 줄 알아야 한다.

적고 보니 자연이와 민성은 친구가 아니었다. 용서해 주지 못하고 있잖은가. 그렇지만 둘은 동창이다.

2. 존중해 주는 사람이 친구이다.

이 대목은 재석에게도 걸리는 부분이었다. 친하다고, 편하다고, 너나없이 대한다고 민성에게 지나친 장난을 치거나 괴롭힌 적은 없었나 반성이 되었다.

3. 걱정해 주는 사람이 친구다.

맞는 말 같았다. 보담이나 향금, 그리고 민성이에게 무슨 일이 생기면 늘 무척 걱정이 되었기 때문이다. 진짜 친구라면 친구들의 걱정을 도와주고 함께 해결해 나가야 한다는 생각이 들었다.

4. 있는 그대로 받아들여 주는 사람이 친구다.

친구의 모습을 그대로 인정하는 사람이 좋은 친구임을 재석은 다시금 생각했다.

5. 대화와 소통이 되는 친구, 정직한 친구.

생각을 적다 보니 재석은 친구를 한마디로 정의할 수 있어야 하지 않나 싶었다.
'이 모든 걸 다 내포하는 진짜 친구란 어떤 친구일까?'
순간 머릿속에서 전구가 켜지듯이 하나의 깨달음이 왔다.
'맞아! 진짜 친구라면 고민하지 않게 하는 게 아니겠어?'
멋진 깨달음이었다. 진짜 친구는 나를 고민에 빠뜨리지도, 괴롭게 하지도 않을 것이다. 무엇이 되었건 나를 편안하게 해주고, 기쁘게 해주고, 살게끔 해주는 것이 친구일 것이다.
'진짜 친구가 있다는 건 참 멋진 일이긴 해.'
재석은 민성이 자신을 온전히 믿어 주고, 보담과 향금이 자신을 걱정해 주는 것은 정말 선물 같은 일임을 깨닫고 글로 쓰다가 멈췄다. 복잡한 생각의 실타래가 더 이상 풀리지 않았다.

'에잇, 나중에 써야겠다.'

나머지 부분은 다음에 완성하기로 하고 수정 중인 소설 파일을 열었다. 머리카락의 이야기를 다시 읽고 정리하려다 보니 병조가 떠올랐다. 병조도 자신에게 글쓰기를 가르쳐 주고 함께 꿈을 키워 나간 친구였는데, 어쩌다 둘 사이가 이렇게 어색해졌는지……. 돌이켜 보니 몇 가지 원인이 떠올랐다.

병조는 재석을 있는 그대로 받아들여 주지 않았다. 재석의 성장을 인정하지 않기 때문에 재석이 위로의 문자를 보내도 마음의 문을 열지 않는 것이다. 그것은 곧 존중의 문제로 연결되었다.

'병조는 왜 나를 존중해 주지 않을까? 진짜 친구라면 내 글이 교지에 실리는 걸 진심으로 축하해 줄 것 같은데.'

하지만 입장을 바꿔 생각해 보았다. 민성에게 싸움을 가르쳐 줬는데 자기보다 더 주먹이 세져서 자신의 자리를 위협한다면 기분이 어떨까.

'별로 유쾌하진 않겠구나.'

재석은 병조의 마음이 조금은 이해되었다. 자신이 한없이 작아지는 느낌이 달갑지 않을 터였다.

'이거구나. 이번 일로 병조가 마음이 상했을 수 있겠어.'

하지만 해결 방법이 없었다. 병조와 잘 지내기 위해 일부러 글을 엉터리로 쓸 수는 없지 않은가.

그렇게 고민하고 있을 때 전화가 걸려 왔다. 보담이었다.

안 그래도 자연이를 만난 게 어찌 되었나 궁금하던 차였다.

"재석아, 큰일났어."

"무슨 일인데?"

"자연이가 글쎄……."

"응? 뭔데?"

"자연이가 어떤 여자애들한테 폭행을 당했어."

"뭐? 폭행을 당했다고?"

책상 앞에 앉아 있던 재석이 튀어 오르듯 벌떡 일어났다.

집단 폭행

대학병원으로 가는 버스 안에서 민성은 짜증을 냈다.

"야, 나 정말 가기 싫다고! 내가 때린 것도 아니고 내가 맞으라고 한 것도 아니잖아. 근데 왜 문병을 가야 하냐고?"

재석은 그런 민성을 다독였다.

"알아, 알아. 네가 잘못한 건 아니지. 하지만 생각해 봐라. 자연이가 이렇게 된 건 어쩌면 어릴 때 일의 연장일 수 있어. 그 일은 너도 가담한 일이잖아."

"야, 그건 인정하지만 이미 사과했잖아. 도대체 몇 번을 더 사과해야 되냐?"

"너 보담이 말 벌써 잊었냐? 사과는 상대방이 됐다고 할 때까지 하는 거라잖아. 너는 이제 시작이잖아. 지금 문병 가서 또 사과하는 것이 네가 용서받는 날을 앞당기는 거야."

"아, 정말 열라 짜증나네."

민성이 언성을 높이자 버스 안에 있던 사람들이 모두 힐끔거리며 둘을 보았다.

"자제해라. 나중에 피디 되겠단 놈이 버스 안에서 소리치고 그럼 되냐?"

"짜증나잖아. 무슨 주홍글씨도 아니고 말이야."

"너, 주홍글씨는 어떻게 아냐?"

"아, 누가 그러더라고. 가슴에다가 주홍색으로 A자를 새겨서 평생 손가락질받게 하는 무슨 그런 영화래."

"야, 그건 원래 영화가 아니라 나다니엘 호손이 쓴 소설이야. 한번 읽어 봤는데 무시무시하더라. 나도 그래서 내 가슴에 누가 주홍글씨를 새길까 겁이 난다."

"여하튼 황재석, 유식해져서 좋겠다."

재석과 민성이 티격태격하는 동안 버스가 대학병원 앞에 섰다. 둘은 차에서 내려 병원 응급실로 향했다.

응급실은 허름했다. 재석은 간호사에게 물었다.

"혹시 여기 자연이라고……."

그때였다. 보담과 향금이 재석의 목소리를 알아듣고 커튼을 열고 나와 손짓을 했다.

"얘들아, 여기야. 여기."

"응. 자연인 어디 있냐?"

"지금 링거 맞고 누워 있어."

자연이는 응급실 한쪽 구석의 침상에서 잠들어 있었다.

"많이 다쳤어?"

"걱정이야. 얼굴에 흉터가 생길까 봐."

보담이 걱정스런 얼굴로 말했다. 그러자 향금이 옆에서 별거 아니라는 듯 말을 받았다.

"흉터 생겨도 요새는 성형 수술로 매끈하게 고칠 수 있대. 교통사고 난 탤런트나 배우들 다시 활동하는 거 봐. 멀쩡하잖아? 다 그게 성형 수술 덕분이라고. 나도 여기 옛날에 점 뺀 거 움푹 패었는데 병원 가서 메꾼 거야."

"너는 여기서 그런 농담이 나오냐?"

민성이 향금의 어깨를 툭 쳤다.

"있는 그대로 말했을 뿐이야."

"그나저나 어떻게 된 거야? 자초지종을 말해 봐."

"여기 응급실에 다른 환자들도 있으니까 나가서 얘기해."

아이들은 응급실 밖의 복도 벤치에 앉았다.

"일단, 누가 때린 거야?"

"링거 맞기 전에 물어봤더니 빨간색 치마 교복을 입은 여자애들이래."

"빨간색 치마? 그거 어느 학교지?"

"수경여고잖아. 하여간 그 아이들이 오더니 다짜고짜 때렸대, 학원 앞에서."

"학원?"

"응. 학원에 거의 다 와서 그랬대."

"그래? 근데 누군지도 모르고 얼굴도 모른다는 거지?"

"응, 그렇대. 수경여고 애들은 너무 거친 것 같아."

보담의 말에 향금이 대꾸했다.

"우리 학교도 만만치 않대."

"그게 정말이야?"

"응. 우리 학교 애들도 딴 데 가면 쌈박질 무섭게 하나 보더라구."

재석과 민성은 여자애들이 더 거칠게 싸운다는 걸 알고 있기에 할 말이 없었다. 그때 병원 현관문이 열리며 우아한 옷차림의 여자가 응급실로 들어왔다.

"저, 여기 자연이가 어디에 있나요?"

일제히 고개를 돌렸다. 세련된 안경을 쓰고 웨이브 진 머리에 고급 정장을 입은 여자는 자연이의 엄마였다.

응급실 간호사가 다가가 알려주었다.

"아, 네. 지금 링거 맞고 쉬고 있어요."

아이들은 조심스럽게 자연이 엄마에게 다가갔다.

"어머니, 안녕하세요?"

"너희는 누구니?"

"자연이 친구예요. 같은 학교 다녀요. 저는 보담이고 얘는 향금이에요."

"어머, 그래? 너흰 여기 어찌 알고 왔니?"

자연이 엄마의 눈초리가 올라갔다. 재석 일행이 자연이를 때렸나 의심하는 눈빛이었다.

"아, 자연이한테 연락받고 달려왔어요. 그리고 여기는 재석이하고 민성이에요."

"안녕하세요?"

도둑이 제 발 저린다고, 민성은 뒤로 주춤 물러나며 인사를 했다.

"그래, 너희가 정말 우리 자연이 친구들이란 말이지?"

자연이 엄마는 믿어지지 않는 듯했다. 금시초문일 것이었다. 보담이 눈치를 채고 말했다.

"네, 친구 된 지 얼마 안 되었어요."

"그렇구나. 자연이가 걱정돼 와준 거니?"

"네."

자연이 엄마는 커튼을 열고 안으로 들어가서 잠들어 있는 딸의 얼굴을 보더니 낮게 탄식을 했다.

"어휴, 못난 것."

자연이의 얼굴은 피멍이 들고 여기저기 상처가 심했다.

아이들은 다시 복도로 나와 기다렸다. 병문안 오기 싫었던 민성은 막상 상처투성이 자연이를 보자 가슴 깊이 미안함이 일어 숙연해졌다. 모든 일이 자기 탓인 것만 같았다. 아무리 철부지 어린 시절에 한 일이라고 해도 개구리 우화에서처럼 당하는 사람의 입장에서는 고통이 컸을 것이다. 세세히 기억 나지 않는다고 해서 면책이 되는 건 결코 아니었다.

잠시 후 자연이 엄마가 밖으로 나왔다.

"얘들아, 이게 어떻게 된 거니?"

"어머니, 제가 전화를 받았어요."

향금이 차분하게 자초지종을 이야기했다.

야자 학습을 하지 않는 자연이는 학원을 다녔다. 학교에 있어 봤자 함께 어울릴 친구가 없었기 때문에 학원에서 공부하는 편이 낫다고 여겼다. 자연의 속사정을 알아서 학교에서도

순순히 야자를 빼주었다. 그날도 학원을 가는 길이었다. 학원
부근에 거의 다 왔을 때 빨간색 치마 교복을 입은 여학생 몇
이 자연이 앞을 가로막았다.

"네가 자연이지?"

"응."

"너 왜 건방지게 여기저기 글 올리고 염병이야? 미친년아!"

"너, 너희 누군데 나한테 욕하니? 난 너희 몰라."

자연은 갑자기 등골에서 땀이 흘렀다.

"넌 우릴 알 필요 없고! 이년아, 너 잠깐 일루 와."

아이들은 자연이의 머리끄덩이를 잡아 으슥한 골목으로 끌
고 가 닥치는 대로 때리고 쥐어박았다.

"어머, 그런 일이 있었어? 아휴!"

딴 집 엄마들 같으면 고소한다, 고발한다 난리를 쳤을 텐데
자연이 엄마의 반응은 너무나도 평온한 것이었다.

"그래서 물어봤더니요, 자연이가 그 애들 인상착의는 거의
기억하는 것 같았어요, 어머니."

하지만 자연이 엄마는 폭행한 아이들의 인상착의에 관심이
없는 듯했다.

"너희는 잘 모르겠지만, 자연이가 사실은……."

"……."

"어려서부터 학교에 적응하지 못했단다. 자연이 아빠가 교환교수로 미국에 갔을 때 미국에서는 왕따가 없을 것 같아서 남겨 두고 왔어. 근데 역시 미국에서도 적응이 어려웠지. 걱정했던 대로였어. 할 수 없이 한국에서 대학을 보내려고 불러들였는데 또 이런 일이 벌어지는구나. 이제 정말 지친다."

"어머니는 자연이가 얼마나 학교 폭력에 시달렸는지 많이 보셨잖아요?"

"그래."

"그러면 이런 일 있을 때 자연이가 받을 상처도 잘 아시잖아요?"

"한두 번이어야지, 초등학교 때부터……. 내가 교사라서 잘 알아. 학교 폭력이 불거지면 교사가 얼마나 힘든지."

그때 재석이 불쑥 나섰다.

"어머니, 그렇더라도 딸이잖아요. 자연이가 엄마가 아니면 누구한테 의지하겠습니까?"

재석은 자신이 어렸을 때 엄마와의 갈등과 애증으로 파란만장한 방황의 시간을 겪었다고 말했다.

"그래, 나도 알아. 내 딸이니 내가 품어야지. 하지만 갖가지 방법을 동원해도 자연이가 적응을 못 하는 걸 어떻게 하겠니? 또래들과 관계를 제대로 맺지 못해. 물론 내 잘못도 있지. 학교 선생으로서 학생들을 가르치고 지도하면서 정작 내 아이한테는 신경을 못 썼어. 애들아, 아무튼 고맙다. 나는 담당 의사선생님 좀 만나 보고 올게."

그때 마침 담당 의사가 왔다. 자연이 엄마가 의사에게 다가갔다.

"선생님, 저 자연이 엄마입니다."

"아, 네. 학생 보호자시군요. 이거는 폭행이 맞구요, 엑스레이를 찍어 보니 뼈를 다치진 않았는데 후두부에 큰 혹이 있습니다. 안면에는 가격이 있어서 찰과상과 타박상이 났고요. 배도 몇 번 걷어차였는지 장에도 충격이 갔는데 파열될 정도는 아닙니다. 뇌진탕은 병원에서 하룻밤 자면 확실히 알 거 같습니다. 일단 검사 결과로는 크게 문제는 없습니다. 진단서는 원하신다면 끊어 드리겠습니다."

"네, 선생님."

"그럼 나중에 뵙겠습니다."

의사가 사무적으로 인사를 하고 가자 자연이 엄마는 어딘가로 전화를 걸었다. 자연이 아빠인 듯했다.

네 아이는 물러 나왔다. 앉았던 벤치에 다시 앉은 재석이 흥분했다.

"아니, 자연이 엄마는 너무하네. 내가 아무리 속을 썩였어도 우리 엄마는 언제나 나를 걱정하고 내 편이었는데. 자연이 외로웠겠다. 어머니가 너무 차네, 너무 차."

보담이 말했다.

"그러게. 지나치게 이성적이네. 하긴 흥분해서 울고불고해 봐야 여기서 해결할 수 있는 게 없잖아. 차분하게 뒷일을 계획 중이신지도 몰라."

"그렇더라도 엄마라면 자기 딸이 저렇게 얻어맞고 누워 있으면 가슴이 미어져야 하는 거 아니냐?"

민성의 말에 향금이 토를 달았다.

"야, 민성이 너 까불고 다니는 것 때문에 너희 엄마 가슴이 미어졌던 건 생각 안 해봤지?"

"야, 우리 엄마는 나보고 뭐랬는지 아냐?"

"뭐라셨는데?"

"내가 하도 장난치고 까불어서 딴 집에 줘버린댔어. 야, 그런 엄마가 나 때문에 가슴이 아팠겠냐?"

"오죽하면 그런 말씀을 하셨을까? 그런 말 들었으면 정신을 차렸어야지. 자연이 보고도 그런 말이 나오니?"

"야, 나만큼만 정신 차리라 그래라."

아이들이 티격태격하는 걸 말리며 재석은 향금에게 물

었다.

"그나저나 누가 때렸는지 알아내야 될 거 아니야? 어머니가 소송하거나 고발하더라도. 누군지 봤다는 사람 있어?"

"수경여고 애들 나는 잘 모르고, 자연이한테 때린 애에 대해 이야기해 보라고 그랬더니 한 여자애가 단발머린데……."

"단발머리?"

"응. 단발머리인데 머리를 염색해서 언밸런스로 잘랐더래."

"언밸런스? 한쪽은 짧고 한쪽은 긴 거?"

"응."

"거, 생날라리 아냐! 그거 어른들이나 하는 머리잖아?"

"그래. 그래서 확실히 기억하는 모양이더라고. 그걸 단서로 찾아봐야지 뭐."

"너희 수경여고 아는 애들한테 수소문 좀 해봐. 머리 그렇게 자른 애 있는지."

재석이 말했다.

"학교 잘린 애들일 수도 있어. 교복 입고 다니면서 학교 팔고 다니는 건지도 몰라. 옛날에 내가 아는 선배 말 들어 보니까 퇴학생이 교복 입고 다니면서 학교 명예를 떨어뜨리겠다고 양아치 짓 하다가 걸렸대."

"정말이야?"

향금의 얘기에 보담이 놀라서 물었다.

"응. 교복 입고 다니면서 괜히 중학생 초등학생 삥 뜯고 때리고 그래서 그 학교 이미지 완전히 흐려졌었대."

"우와, 그래서?"

"CCTV 통해서 찾아냈대. 그 학교 교무부장 선생님이 잡아서 멱살을 잡고 내동댕이쳤다는 거야. 그때 놀라서 다시는 교복 입고 안 다니겠다고 약속했대."

"아, 그런 지독한 인간이 있었어?"

재석이 혀를 내둘렀다.

"응. 그 교무부장 선생님이 당장 교복 벗으라고 해서 갈기갈기 찢어 버렸대. 그리고 티셔츠 사 입고 가라고 오만 원 줬대."

"와! 박수!"

"요즘은 그런 선생님들도 안 계셔."

"그러게. 요즘 선생님들은 애들한테 너무 지치셨나 봐."

"야, 내가 선생님이라도 요즘 애들 보면 지겹겠다. 말 더럽게 안 듣지, 학교 가면 규율도 없지, 선생님을 어려워하지도 않잖아. 애들이 너무 막 나가는 것 같아."

그러자 보담도 말했다.

"우리 할아버지가 옛날같이 종아리 좀 때리면 좋겠대. 요즘은 학생 인권 강조해서 체벌도 없잖아. 몇 대 맞으면 좋아질 놈들 많다고 할아버지가 개탄하시더라구."

"야, 그럼 당장 나부터 맞아야 될 거 같은데. 폭력 말고 다른 대안을 찾아주시지."

그때 자연이 엄마가 다가와 아이들에게 말했다.

"얘들아, 너희는 이제 집에 가도 돼. 내가 병원에 있을게. 그리고 혹시 자연이 때린 애들 법적 조치를 해야 할지 모르니까 그렇게 되면 너희가 좀 도와주겠니?"

"네. 알겠습니다. 저희가 때린 애들이 누군지 알아볼게요."

재석의 말을 향금이 받았다.

"언밸런스로 커트한 여자애가 짱인 거 같았대요. 걔가 더 많이 때리고 애들 끌고 와서 욕하고 그랬대요."

"그래, 알았어. 수경여고에 나도 한번 알아볼게. 경찰에 신고도 하고."

"네, 어머니. 마음 아프시겠지만 마음 굳게 잡수세요."

보담이 차분하게 위로했다.

"그래, 고맙다. 너희는 참 친한 사인가 보구나. 우리 딸은 친구가 하나도 없는데."

"아니에요, 자연이가 왜 친구가 없어요? 저희가 다 친구인데요. 이제 너무 걱정하지 마세요."

아이들은 우울한 얼굴로 병원을 나왔다.

"자연이 학교에 며칠 못 나오겠다."

"글쎄 말이야."

재석은 향금이에게 말했다.

"학교 가서 아이들에게 물어보고 정보 좀 더 줘. 나도 한번 알아볼 테지만."

"그래."

보담이 말했다.

"신고하면 경찰들이 CCTV 보고 찾아내겠지."

"아, 그나저나 자연이가 깨어나면 사과하려고 그랬는데, 오늘도 못 보고 가네. 진짜 안되긴 했다."

민성이 우울한 목소리로 말했다.

"야, 그래도 네가 찾아왔다고 하면 자연이가 감동받을 거야. 조금은 용서해 줄 맘이 들지도 모르지."

"그럴까?"

"그럼!"

보담이 민성을 보고 웃으며 말했다.

"그럼 내일도 문병 와야겠다."

"좋은 생각이야."

"우리가 자연이를 위해서 최선을 다하면 자연이도 민성이를 용서해 줄 거야."

향금도 눈을 반짝이며 결의를 보였다.

"그리고 나는 수경여고 친구들한테 샅샅이 물어볼게."

"야, 이러니까 마치 우리가 탐정이 된 거 같다."

"어, 그래! 우리 탐정단 하나 꾸리자."

민성은 금세 활기를 되찾았다.

"우리가 수경여고 날라리들 찾아내는 과정을 찍어서 다큐멘터리 만들어 볼까?"

"야야, 됐어. 남의 불행을 가지고 너 왜 그래?"

향금이 발끈하며 민성을 나무랐다.

"아니, 뭐 그렇단 얘기지."

그날 밤은 자연이가 폭행을 당해서 응급실에 입원한 사건으로 그렇게 마무리되었다.

어벤져스

재석은 보담과 함께 광화문에 있는 한 빌딩을 찾아갔다. 1203호 문 앞에는 '이인영 관계문제 연구소'라고 쓰여 있었다.

"와, 관계문제도 연구소가 있네?"

"그러게 말이야."

이곳은 김태호 선생의 소개로 온 것이었다. 문을 두드리자 기다렸다는 듯 문이 열리며 안경에 끈을 매단, 차분한 인상의 여자 분이 나왔다.

"안녕하세요?"

"너희가 전화한 재석이와 보담이니?"

"네. 선생님 뵈러 왔습니다."

"어서들 와."

두 아이는 환대를 받으며 사무실로 들어갔다. 들고 간 주스를 내밀자 이인영 선생이 웃었다.

"어머, 학생들이 예의를 아네. 고마워, 잘 먹을게."

선생님은 아이들을 소파로 안내하고는 차를 내왔다.

"내가 자주 마시는 재스민 차야. 몸과 마음을 편안하게 해 주지. 자, 한번 맛봐."

"감사합니다."

보담은 얌전하게 차향부터 맡는데 재석은 후루룩 마셨다.

"오, 이거 짜장면 먹을 때 주는 차네요?"

"하하, 맞아. 중국집에서 많이 주지. 재스민 차가 식욕도 북돋고 소화에도 도움을 주거든. 그래, 그 친구는 아직 올 준비가 안 되어 있다고?"

"네, 자연이라는 아이예요. 제가 그간의 일을 좀 정리해 왔어요."

원래 재석은 민성과 자연이를 데리고 이인영 선생에게 상담하러 왔으면 했다. 하지만 자연이는 선뜻 마음을 내지 못했다. 주저하는 자연이를 위해, 향금과 보담은 자연이가 입원해 있는 동안 이인영 선생이 어떤 분인지 알아 오겠노라고 약속했다. 그렇게 오늘 아이들의 방문이 이루어진 것이었다. 향금은 내레이션 학원이 끝나는 대로 오기로 되어 있고, 민성 역시 자연이 병원에 들렀다 오겠다고 했다.

민성은 피멍이 들어 누워 있는 자연이를 보고 적잖은 충격을 받았다. 양심의 가책도 느꼈다. 그래서 매일 찾아가 사과해야겠다고 결심하고 학교가 끝나는 대로 날마다 병원으로 달려갔다.

"자연아, 미안하다. 너한테 이런 일이 생긴 게 다 나 때문인 거 같아. 내가 어렸을 때 너 괴롭혔던 거 용서해 줘. 내가 잘못했어. 네가 용서할 때까지 내가 사과할게."

처음에는 민성을 보자 흠칫 놀라 이불을 뒤집어썼던 자연이지만 이틀날 가니 얼굴을 내밀었다. 그다음 날에는 민성에게 눈까지 맞추었다. 그 얘기를 들려주는 민성에게 재석이 물었다.

"그래서 고개를 끄덕였다고? 진짜로?"

"응. 이번에는 이불을 뒤집어쓰지도 않았어. 근데 개 맞은 얼굴을 보니까……."

"왜?"

"여자애가 무슨 프로 복서도 아니고, 온통 통통 부어가지고 꿰매고 반창고 붙인 거 보니까 정말 안됐더라구. 때린 애들 찾아내서 똑같이 패주고 싶었어. 자연이가 이렇게 된 데에는 나한테도 책임이 있다고 생각하니까 내가 참 미워지더라."

"그래, 그러니까 잘해 줘. 그리고 너, 폭력은 나쁘다."

그게 어제 일이었다.

보담은 그동안 있었던 일과 자연에게서 들은 이야기를 메모장을 봐가며 이인영 선생에게 세세히 들려주었다.

"저희가 온 건 민성이 문제도 있지만 자연이가 관계를 잘 맺지 못하는 것 같아서예요. 저희는 민성이가 반성하고 사과하면 문제가 해결될 줄 알았는데 그렇지가 않았어요."

고개를 끄덕이며 그간의 일을 다 들은 이인영 선생이 물었다.

"자연이가 지금 꽤 힘든 것 같은데 왜 오기 싫어하지?"

"아직 마음의 준비가 필요한 것 같아요."

"그렇구나."

재석이 대화에 끼어들었다.

"자연이는 민성이뿐만 아니라 그동안 자기를 때렸던 아이들 이름을 하나도 빠뜨리지 않고 기억하고 있어요. 심지어는 언제 무슨 일로 때렸는지도 다 알더라고요."

"음, 맞아. 맞은 사람은 발 뻗고 자도, 때린 사람은 오그리고 잔다는 속담이 있지? 잘못을 저지르면 불안해서 맘 편히 못 잔다는데 요즘은 반대가 됐더라고. 남한테 분풀이해 대는 놈은 속 시원해서 잘 자고, 이유 없이 당한 사람은 억울하고 두려워서 자면서도 끙끙 앓는 세상이지."

"맞아요, 선생님! 딱 맞는 얘기예요."

"딱 맞아?"

"네. 그런데 민성이는 아니에요. 자기 잘못을 용서받지 못할까 봐 안절부절못하고 있어요. 그리고 자연이는 며칠 전에 다른 애들한테 집단 폭행을 당해서 지금 병원에 있어요."

"저런, 그런 일이 있었구나."

"자연이가 충격이 커서 사실 지금 상담받을 상황이 아니기는 해요. 급한 마음에 저희가 먼저 온 거예요. 자연이를 도울 방법이 있을까 해서요."

"자연이란 친구는 잘 이겨 내겠네. 이렇게 걱정해 주는 친구들이 있으니까."

재석과 보담은 쑥스러워 서로 마주 보고 웃었다.

"선생님, 김태호 선생님이 강!력!추!천! 하셨어요. 최선을 다해서 잘해 주실 거랬어요."

"태호가 그래? 맞아, 사실 나도 자연이 같은 아픔이 있었거든. 내가 관계에 관심을 갖게 된 것도 친구들과 어울리는 게 어려워서였어. 심리학을 공부하면서 친구들을 이해하게 됐고, 자연스럽게 관계에 대해서 집중적으로 연구하게 됐지."

이인영 선생은 자신의 어린 시절 이야기를 해주었다.

어린 인영은 중학교 1학년 때 부모님이 이혼한 뒤 마음 붙일 곳이 없었다. 엄마를 따라 새로 전학 간 학교에서 모처럼 친절하게 대해 주는 친구를 사귀게 되었다. 미숙과 은정. 둘 중에서도 미숙은 인영이 따뜻하게 의지할 만한 친구였다. 미숙을 놓치기라도 할까 봐 인영은 미숙을 따라다녔고, 그런 인영을 주위 아이들은 '미숙의 껌딱지'라고 불렀다. 하지만 인영이 보기에 미숙은 은정에게 더 깊은 속내를 털어놓는 듯했다.

인영은 미숙이 은정과 더 친해질까 두려웠다. 둘 사이에서 자신만 튕겨 나갈 것만 같은 불안에 휩싸였다. 고심 끝에 인영은 우연히 알게 된 은정의 작은 비밀 하나를 미숙에게 귀띔했다. 미숙이 좋아하는 옆 학교 남학생을 은정도 좋아하고 있다는 얘기였다.

그러나 일은 인영의 뜻과는 반대로 흘러갔다. 은정이 그 사실을 알게 되면서 '고자질쟁이 인영'의 왕따 생활이 시작된 것이었다. 미숙도 언젠가부터 인영을 멀리했다. 부모가 헤어진 상황에서 겪는 왕따는 사춘기 소녀가 감당하기에는 너무나 힘든 일이었다.

'모두 날 싫어해. 나 하나 없어지면 어떨까? 아무도 신경 쓰지 않겠지? 차라리 죽는 게 낫겠어.'

인영은 점점 말이 없고 우울한 아이가 되었다. 그런 딸이 걱정된 엄마가 상담센터로, 정신과로 인영을 끌고 다녔지만 별반 달라진 건 없었다. 인영은 그저 혼자 자신을 키우려 애쓰는 불쌍한 엄마를 보며 하루하루를 살아 낼 뿐이었다.

중학교를 마치고 셋은 서로 다른 고등학교로 진학하게 되었다. 고등학생이 되어도 인영의 외톨이 생활은 그대로였다. 그러던 어느 날, 인영은 문득 두 친구가 궁금했다. 알음알음으로 알아보니, 둘은 다시 단짝 친구가 되어 즐겁게 지내고 있었다. 인영은 왠지 모를 배신감에 몸을 떨었다.

'왜 나만 상처 입고 살고 있지? 내가 그렇게 잘못한 거야? 힘들게 버텨 온 고통의 시간들, 내 잘못의 대가치곤 너무 지나친 거 아냐?'

억울했다. 하지만 그대로 혼자 상처를 끌어안고 사는 건 더 억울한 일이었다. 다른 사람이 내 삶의 키를 맘대로 잡게 놔

둘 수는 없었다. 황폐할 대로 황폐해진 시간을 이제 되돌리고 싶었다.

'그래, 나도 이제 다 털어 버리고 다시 살아야겠어. 내 삶을 가꿔 나갈 거야.'

"나는 내 상처를 치유하고 싶어서 심리학 책을 읽기 시작했어."

이인영 선생의 이야기를 들은 재석과 보담은 가슴이 뭉클했다.

"와, 선생님 정말 대단하세요."

"그래? 하긴 나도 당시의 내가 참 대견해. 나의 트라우마와 아픔 덕분에 나는 지금 관계문제를 연구하는 사람이 되었지. 대학에서 강의도 하고 있고. 인간은 정말 관계 때문에 불행해지기도 하고 행복해지기도 해. 보통 친구들끼리 함께 여행을 가잖아? 그런데 여행 가면 대개 사이가 틀어져서 돌아와. 특히 긴 여행을 가면 더더욱. 왜 그럴까?"

"글쎄요, 돈이 없어서일까요?"

재석이 말하자 이인영 선생이 웃었다.

"돈이 떨어지면 서로 빌려주면 되지. 그건 말이야, 안전하고 익숙한 공간에서 맺은 관계라서 그래. 여행을 가면 생활의 기반이 낯설고 예측 불가능해지면서 위기 상황이 되는 거지. 그때는 언제 불어닥칠지 모를 위험에 불안해 하느라 감정을 다스리지 못하고 날것으로 드러내게 돼. 서로 마음의 여유가 없으니 그간 당연하게 기대해 온 양보와 배려는 사라질 수밖에. '어, 이게 뭐지?' 당황해 하면서 상대방이 본색을 드러냈다고 여기게 되는 거야. 그렇게 순식간에 관계의 지각 변동이 일어나. 다시없던 친구가 상종 못할 사람이 되기도 하고, 내심 껄끄러웠던 친구는 의외로 괜찮은 사람이 되고, 혹은 데면데면했던 사람이 다시 보이기도 하지. '어, 저 사람 나와 비슷한 면이 있구나', '오, 이야기가 정말 잘 통해. 오래 만나고 싶다' 이런 생각이 들기도 해. 그 사람이 좋은 사람이고 나쁜 사람이어서가 아니라 나와 어떻게 관계를 맺었느냐에 따라 가까워지고 멀어지는 거지. 관계에서 시작해서 관계로 끝나는 게 인간의 사회 생활이야. 그래서 원만하게 관계를 유지하는 것이 삶을 풍요롭게 해."

보담은 고개를 끄덕이며 듣다가 자신의 생각을 밝혔다.

"하지만 내가 관계를 잘 맺으려고 해도 상대가 엉뚱하게 꼬아 버리면 소용없잖아요?"

"빙고! 그래서 관계가 어렵지. 고장난명(孤掌難鳴), 손바닥 하나로는 소리를 내지 못하는 법이잖아. 내가 호의를 갖고 다가가도 상대방이 외면하면 아무 소용이 없지. 그럼 그 사람은 나를 왜 외면할까?"

"글쎄요, 서운한 게 있었을까요?"

보담이 고개를 꼬며 대답했다.

"빙고! 보담이는 심리학을 공부하면 좋겠다. 맞아, 내가 모르는 잘못을 했을 수 있어. 보통 기억도 없는 아주 사소한 행동이 원인이 돼. 그래서 관계를 이해하는 일이 참 어렵고 까다로워. 자연이라는 학생이 어린 시절의 상처를 마음에 담고 지내다가 인터넷에 올렸다고 했지? 하지만 정작 자연이 학생을 괴롭힌 친구는 그때 기억이 없을 수 있어. 기억이 안 나는데 그런 글이 올라오면 어떨까? 되레 자기가 당했다고 여기고 보복하려고 하겠지. 보복이 또 다른 보복으로 이어지면서 관계는 점점 꼬여 가는 거야. 어른들 같으면 서로 피하고 아예 안 보면 되는데, 학생들은 같은 동네, 학교, 교실에서 끊임없이 부닥치면서 관계가 점점 악화될 경우가 많아. 그러다 어느 순간 폭발해 버리는 거지. 자연이 경우처럼."

"그럼 해결책은 뭘까요, 선생님?"

재석은 가슴이 갑갑함을 느꼈다.

"관계 맺는 법을 배워야 해. 마음공부도 하고 노력도 많이 기울여야 하고. 그럼 관계 맺는 방법은 누구에게서 가장 먼저 배울까?"

두 아이는 서로 얼굴을 보았다. 관계라는 과목은 어디에서도 배운 적이 없었다.

"글쎄요? 학교에서 배우면 좋긴 할 텐데……."

이인영 선생이 피식 웃었다.

"학교에서 관계를 가르치지는 않지만 관계를 실습하는 기회를 충분히 주기는 해."

"네? 실습요?"

"그럼. 친구들끼리 친해지기도 하고 싸우기도 하고……."

재석은 학교는 실습장이 아니라 전투의 현장이라는 생각이 들었다.

"사람과 사람의 관계를 읽고 감정 표현을 배우고 이성을 훈련하는 것은 바로 가정 안에서, 특히 부모님으로부터 시작돼."

순간 재석은 뒤통수를 한 대 얻어맞은 기분이었다. 엄마가 자신을 가평 할머니 집에 놔두고 갔던 아픈 기억이 떠올랐던 것이다. 할머니와 지내면서 재석은 엄마와 건강한 관계를 지속할 힘을 잃어버렸다. 오로지 버려졌다는 생각뿐이었다. 그때 다른 아이들처럼 엄마와 부대끼며 관계의 시간을 쌓아 갔다면 폭력을 휘두르는 일진이 되지는 않았을 것이다.

"아, 그렇군요."

"사람은 어린 시절부터 관계 맺는 법을 배워. 쌩긋 웃으면 엄마가 함께 웃어 주고, 울거나 찡그리면 부모님이 다가와 관심을 보여 주지. 가족이 문제를 해결해 주는 거야. 그런 경험 속에서 아이들은 관계 맺기를 배워. '아, 이건 안 되는 거구나', '우리 엄마는 이걸 싫어하는구나', '아빠 엄마가 사이가 좋으니까 내가 행복하구나' 이렇게. 그런데 들어 보니 자연이는 부모님과도 조금 문제가 있어 보이네?"

"그런 거 같아요. 응급실에서 조금 이상했거든요. 딸이 맞아서 병원에 누워 있는데 어머니가 지나치게 이성적이었어요."

보담이 얼른 설명했다. 이인영 선생은 그럴 줄 알았다는 듯 고개를 끄덕였다.

"옆에서 보기에 지나치다 싶을 정도였다면, 그건 엄마와 딸이 애착 정도가 낮아서일 수 있어. 보통 부모는 자식이 폭행을 당하면 자신이 맞은 것보다 더 화가 나는 게 정상인데, 애착 형성이 불안정하면 그런 상황을 냉정하게 보게 돼."

"아, 그렇군요."

관계에 대해서 재석과 보담은 많은 것을 알게 되었다.

"우리끼리 얘기하는 건 별로 의미가 없어. 잘 설득해서 자연이 친구를 데리고 와."

그때 향금과 민성이 연구실로 들이닥쳤다.

"죄송합니다. 늦었습니다."

"아, 왜 이렇게 늦었어?"

"응, 오다가 누굴 좀 만나느라고. 미안."

재석은 바로 소개했다.

"선생님, 이 친구는 향금이고, 이 친구가 바로 민성이입니다."

"얘들아, 반갑다. 민성 군은 착하게 생겼는데?"

민성은 멋쩍어 뒷머리를 긁적였다.

"아, 제가 어린 시절에 좀 철이 없었어요."

"오호! 아주 솔직한 친구네."

네 아이는 이인영 선생과 잠시 이런저런 이야기를 나누고 연구실 문을 나섰다. 광화문 쪽으로 걸어가면서 재석이 말했다.

"너희 왜 늦게 온 거야? 한 시간이나 늦었어."

"미안해. 자연이 보러 병원에 들렀는데, 오늘은 자연이가 말을 걸더라고. 대화 좀 나누다 왔어."

반가운 말이었다.

"그래? 오늘이 나흘째인 거지?"

"응. 나흘 만에 마음을 연 거지. 내가 좀 안돼 보인대."

"뭐가?"

"자기한테 걸려서 이렇게 용서받겠다고 절절매며 사과하는 게 안쓰럽다고."

"야, 쥐가 고양이 생각해 주냐?"

"하긴 그렇지?"

"그런데 너희는 어떻게 같이 온 거야?"

"향금이가 기다리라고 그래서."

"그래, 향금이 너는 왜 늦었어?"

"내 친구가 수경여고 애들하고 친하거든. 수경여고로 간 친구들이 많대. 이것저것 부탁해 놨더니 오늘 말해 주더라고."

"그래? 뭐래?"

"응. 걔 수경여고에서 유명한 날라리래."

"날라리?"

"응. 머릴 언밸런스로 잘랐다고 했더니 딱 알더래. 그 학교 일진이라고. 애들 몰고 다니는데 어벤져슨가 그렇다네."

"어벤져스? 그건 또 뭐야?"

"주변에 있는 학교 일진들이 몇 명 모여서 만든 팀이 있대. 걔네들이 어벤져스래."

"하이고야, 이제는 일진이 지구를 지키냐? 어이없다, 진짜."

재석이 혀를 차자 향금이 피식 웃으며 말했다.

"걔네가 지구를 지키는 대신 자연이를 때린 거지."

"자연이가 걔네들 얘기도 인터넷에 올렸나?"

민성이 눈을 끔벅이며 중얼거렸다.

"아니, 서로 알지도 못하지."

"알지도 못하는 애들이 와서 때려?"

"그러니까 이상하지. 어벤져스 같은 일진 애들은 원래 지들 끼리 싸우잖아. 딴 학교 일진이랑 붙든지. 전학 온 지 얼마 안된 자연이 같은 애는 알지도 못하겠지. 신경도 안 쓰고. 근데 때렸잖아. 왜? 내가 지금 그거 알아보느라고 좀 늦은 거지."

"아무튼 그 언밸런스 머리는 이름이 뭐야?"

"하니래, 하니."

"아이돌 그룹에 나오는 하니? 아니면 박진영 노래에 나오는 오! 하니~ 쪽!"

민성이 싱겁게 말하자 세 아이가 일제히 쏘아봤다.

"야야, 안 재밌거든. 썰렁하거든!"

그때였다. 향금의 핸드폰으로 문자가 왔다.

> 수경여고 하니,
> 지금 강남 사거리 빵집에 들어갔대.
> 패거리랑 몰려갔다니까
> 빨리 가봐.

문자를 보여 주자 재석이 벌떡 일어났다.

"가자, 강남으로."

"어쩌려구?"

보담이 걱정스러운 듯 물었다.

"만나서 물어봐야지. 왜 그랬는지 말이야."

"야, 그러다 다쳐."

"내가 한두 번 다치냐? 가자."

네 아이는 지하철을 타러 빠르게 이동했다. 지하철 안에서 보담은 재석의 손을 잡고 말했다.

"재석아, 이번엔 정말 폭력 쓰면 안 돼."

"폭력은 무슨! 그냥 좋게 물어볼 거야. 자연이와 무슨 일이 있었는지. 아니면 누가 시켜서 그런 건지. 만약 누가 시켰다고 그러면 시킨 애 알아내서 설득할 거야."

"뭐라고 설득을 해?"

재석 대신 옆에 있던 민성이가 대답했다.

"뭐긴 뭐야? 자연이한테 가서 사과하라고 하겠지."

"뭐? 말 안 들으면?"

"들을 때까지 해야지."

보담과 향금은 서로 마주 보며 한숨을 내쉬었다. 일진들 모임이라면 어벤져스가 그리 호락호락할 리 없었다.

강남역에서 내린 아이들은 허둥지둥 사거리 빵집으로 향했다. 한참 가는데 때마침 맞은편에서 걸어오는 아이들이 빨간 치마 교복 차림이었다.

"쟤들 아니야? 수경여고 패거리들."

"그러게. 빵집에서 나왔나 보다. 어떻게 하지?"

보담과 향금이 어쩔 줄 몰라 허둥대는데 재석이 나섰다.

"뭘 어떡해? 물어봐야지. 야, 얘들아!"

수다 떨면서 길가에 침을 찍 뱉던 수경여고 애들이 일제히 재석에게 고개를 돌렸다. 키 크고 늘씬한 여자애가 머리를 언밸런스로 자른 것이 하니인 듯했다.

"네가 하니지?"

"너 누구냐? 재수 없게."

"하니 맞구나. 너네 며칠 전에 금안여고 자연이 때렸지?"

하니가 빈정대듯 코웃음을 쳤다.

"그랬다, 어쩔래? 넌 누구? 걔 남친이라도 되냐? 재수 없어!"

수경여고 패거리들이 자기들끼리 킥킥대며 웃었다. 재석이 별로 위협적이지 않았던 것 같아 민성이 얼굴을 일그러뜨리며 나섰다.

"야, 사람 패놓고 이것들이!"

"어머, 이 방자 같은 놈은 누구야?"

"호호호호!"

만만치 않은 아이들이었다. 약 올리려고 일부러 더 뻔뻔하게 행동하는 것일 테지만 눈도 깜빡하지 않는 재석이었다.

"너네 나 누군지 모르지?"

"니가 누군지 알아야 해? 그러는 넌 나 아냐?"

하니가 사납게 노려보며 되물었다.

"너는 수경이고 일진 하니라며? 어벤져스고."

"흥, 내 이름이 유명하긴 한 모양이네."

"나는 재석이야, 황재석."

그 순간 하니 패거리들이 얼어붙었다.

"황재석? 어머!"

그 일대 싸움꾼 사이에서 재석을 모르는 아이는 없었다. 이미 신화적인 존재가 되어 있었기 때문이다.

"나 알지?"

"……."

옆에 있던 민성이 숟가락을 얹었다.

"나는 김민성이야."

아이들은 약간 당황한 것 같았다. 놓치지 않고 재석이 다그쳤다.

"너희 자연이를 왜 때렸냐?"

"그걸 우리가 말해야 돼?"

하니가 째려보며 말했다.

"그래. 누구냐, 누가 시켰냐?"

"어머, 재수 없어."

손을 들어 어깨를 밀치려는 하니의 손목을 재석이 잡아챘다.

"어딜 도망가려고 그래?"

"놔, 안 놔? 이거 엄연한 성폭행이야! 성희롱이라고!"

하니가 앙칼지게 소리를 지르자 주변에 있던 사람들이 쳐다봤다.

"학생, 왜 그래?"

지나가는 아저씨 한 사람이 물었다. 재석은 눈 깜짝하지 않고 태연하게 대답했다.

"얘가 제 동생인데요, 지금 가출해서 날라리 짓하는 걸 잡았어요. 교육해서 집에 데려가려구요."

"아, 그래? 더 비뚤어로 나갈 수 있으니까 살살해, 학생."

하니가 펄쩍 뛰었다.

"야, 이 새끼야! 니가 내 오빠라고? 이런 엿 같은 새끼가!"

"조용히 해라! 오빠한테 그게 무슨 말버릇이야?"

재석의 연기는 그럴듯했다. 지나가던 사람들 눈에 모범생인 오빠가 날라리 여동생을 끌고 가려는 듯 보이기에 충분했다. 하니가 길길이 악쓸수록 사람들은 재석이 쪽에 동정의 시선을 주었다.

하니는 발악하다가 잠시 흥분을 가라앉혔다. 씩씩대며 노려보는 하니 얼굴에 대고 재석이 으르렁대듯 말했다.

"자, 쪽팔리니까 저쪽에서 얘기하자."

재석은 큰길에서 벗어나 골목 쪽으로 여자애들을 몰고 갔다. 주변의 시선이 줄어들었음을 확인하자 하니가 태도를 바꿨다.

"그래, 내가 때렸다. 어쩔래? 싸가지 없는 년이 지랄하길래 몇 대 쥐어 팼지. 그런데 뭐 병원에 입원하고 고소한다고? 흥! 하라고 그래. 그년이 먼저 나한테 욕했어. 동영상도 다 찍었어."

기다렸다는 듯 옆에 있던 여자애가 핸드폰의 동영상을 켰다. 하지만 동영상은 오히려 하니 패거리가 일부러 폭행을 유도하는 장면을 고스란히 담고 있었다. 하니가 먼저 얼굴을 자연이 턱 앞에 들이밀었다.

"야, 못생긴 년아! 돼지 같은 년아! 너 왜 그렇게 설치고 다니냐? 지 못난 건 알아서 인터넷 뒤에 숨어 비겁하게 지랄이야. 넌 사회악이야. 니가 세상에서 숨 쉬고 산다는 게 폭력이야, 미친년아."

하니 패거리는 자연이를 둘러싸고 오만 폭언을 퍼부었다. 자연이가 벌벌 떨다가 화를 못 참고 주먹 쥔 손을 부르르 떨자, 자연이 오른쪽에 있던 아이가 기다렸다는 듯 빈정거렸다.

"왜, 때리고 싶어? 때리고 싶어? 쳐! 자, 쳐보라고! 용기를 내, 이 겁쟁이야!"

그러더니 자연이의 팔을 잡아 들어 올려서는 하니의 뺨을 치는 거였다.

"어쭈, 이년이 사람 치네."

그때부터 구타가 시작됐다. 동영상은 얼핏 보면 자연이 먼저 하니를 때린 것처럼 보이도록 그럴싸하게 연출해 놓은 것이었다. 민성이 영상 전문가답게 말했다.

"야, 쇼하냐? 이거 경찰이 보면 너희가 먼저 맞았다고 할 것 같아? 어디서 어설픈 가짜 영상으로 사기를 치고 있어. 자연이 손 잡아가지고 니들이 때린 거잖아. 교묘하게 각도 잡아서 손목 잡은 건 안 보이게 찍은 거 모를 줄 알아?"

"이 재수 없는 새끼가……."

하니가 민성에게 달려들려는 순간, 재석이 하니를 벽으로 밀어붙여 도망가지 못하게 막은 후 물었다.

"난 여러 번 얘기하지 않아. 누구냐? 시킨 놈 말해!"

"못 말해, 이 새끼야!"

하니가 답은 하지 않고 재석에게 침을 뱉었다. 저만치서 마음 졸이며 지켜보던 보담과 향금이 비명을 질렀다. 재석은 아랑곳하지 않고 얼굴의 침을 닦으며 말했다.

"너, 옛날 같으면 죽었다. 진짜. 그러니까 말해라. 안 그러면 너희 오늘 집에 못 가."

재석이 이를 갈며 말하자 하니가 주춤했다. 재석의 명성을 이미 들어 알고 있었기 때문이다.

"나에 대해서 많이 들었지? 셀을 박살 낸 사람이 나야. 걔들도 지금 어벤져스에 들어가 있지?"

순간 하니 패거리가 자기들끼리 눈짓을 교환했다. 이대로 버틸 수는 없다고 생각한 듯했다. 그리고 무엇보다 시킨 사람이 따로 있는데 자신들이 끝까지 함구하는 건 불리하다고 여긴 듯했다.

"사, 사실은……."

"말해."

"어벤져스 짱 일구가 시켰어."

"뭐? 일구?"

그 순간 민성이 펄쩍 뛰었다.

"청석초등학교 나온 차일구?"

"응."

"나랑 동창인데, 걔 지금 어느 학교 다녀?"

"청돌고등학교."

"그래?"

재석은 약속대로 붙잡고 있던 하니의 팔을 풀어 주었다.

"가. 그리고 자연이 어머니가 진짜 경찰에 곧 신고하실 거란다. 너희 각오하고 있어."

그 순간 하니 패거리들이 기가 죽었다.

"하지만…… 우리는 시켜서 했는데?"

"일구가 걔 좀 손봐 주라고 그랬대."

하니 옆에 있던 다른 아이들이 억울하다는 듯 항변했다.

"시켜서 사람 죽이면 살인죄 아니냐? 빨리 꺼져!"

재석은 아이들을 쫓아 버린 뒤 민성에게 물었다.

"야, 일구라는 놈이 자연이를 괴롭혔다던 그놈이지?"

"맞아. 나랑 친하진 않았어. 운동 잘했던 놈이고."

"그래?"

"응. 킥복싱인가 격투긴가 했어. 그냥 운동부로 쭉 나갔을 줄 알았는데 어벤져스 짱이라니……."

"그래? 자연이가 일구 이야기도 많이 썼나?"

향금이 얼른 답했다.

"일구 얘기도 인터넷에 많이 올렸어. 그래서 일진 여자애들한테 혼내 주라고 시켰나 보다."

재석이 얼굴을 일그러뜨렸다.

"내가 제일 싫어하는 스타일이야. 남들 뒤에 숨는 거. 그렇게 마음에 걸리면 민성이처럼 사과를 해야지 말이야. 지가 무슨 조폭이냐? 깡패냐? 민성아, 니가 동창이니까 그놈 어디에 있는지 좀 알아봐 줘."

"아, 알았어. 일구가 시켰다니까 그것도 자연이 엄마한테 내가 말할게."

"그래."

그날 아이들은 자연이를 때린 배후가 어벤져스의 짱 일구라는 사실을 알아낸 뒤 묵묵히 헤어졌다.

노력 부족

열흘 뒤 시내 햄버거 가게에 다섯 명의 아이들이 모였다.

"뭐 먹을래? 내가 살게."

보담이 나섰다. 아이들은 각자 먹고 싶은 메뉴를 골랐다. 잠시 후 아이들은 가게 한쪽에 단란하게 모여 앉아 햄버거와 콜라를 먹으며 이야기를 나누었다. 손에는 《관계의 진리》라는 책이 들려 있었다. 저자는 이인영 선생이었다.

"책 다 읽었어?"

보담이 자연이에게 물었다.

"응. 읽는데 다 내 얘기 같았어."

"그렇지? 우리 마음을 속속들이 아는 것 같아."

모처럼 책을 읽은 향금도 끼어들었다. 여자아이 셋은 신이 나서 책 읽은 감상을 나누었다.

"우리 학교 김태호 선생님하고 친구래."

민성이 으쓱하며 자랑스러워했다.

"지난번에 만났을 때도 친절하셨는데, 책을 읽어 보니 더 좋더라. 오늘 다시 만날 생각을 하니까 마음이 설레."

보담은 이인영 선생이 준 책을 읽고 깊이 감동한 듯했다. 이인영 선생은 헤어지면서 자신의 책을 선물로 줬다. 몇 권의 저서를 냈지만 청소년을 위한 책으로 권해 준 것이 바로《관계의 진리》였다. 책을 가장 먼저 읽은 사람은 보담이고 그다음이 향금이었다. 둘이 읽은 뒤 자연이에게 권했다.

퇴원한 자연이의 얼굴에는 아직 흉터가 남아 있었다. 그래도 민성과 친구들이 수시로 찾아가 챙겨 준 덕인지 표정은 많이 밝아져 있었다.

"그래서 부모님은 어떻게 하시겠대?"

"응. 엄마가 학교에 폭력위원회를 열어 달라고 하셨대. 그런데 수경여고 아이들하고 연루된 거라서 학교 간의 연락과 증거가 필요하대."

"한 학교에서 벌어진 게 아니라서 번거롭긴 하겠어. 어벤져스 일당들을 다 잡아야 되는데.”

햄버거를 먹으며 아이들은 이런저런 이야기를 나누었다. 민성은 틈만 나면 자연이에게 사과를 했다.

“자연아, 미안해.”

“민성아, 괜찮아. 사과 그만해도 돼. 나 너 용서했어.”

하지만 민성은 왠지 께름칙했다. 용서한다는 표정이 어딘가 찜찜해 보였기 때문이다. 자연이가 진정으로 용서할 때까지 사과하려고 결심한 민성이었다. 민성이 그런 결심을 한 데는 옆에서 적극 격려해 준 재석이가 있었다. 재석은 민성을 거들고 싶었다.

“봉식이 형이 해병대 갔을 때 무좀에 걸렸는데 제대한 뒤로도 1년을 약을 먹고 연고를 발랐대. 그래서 완전히 치료한 줄 알았는데, 몇 년 뒤 다시 재발했대. 방심했더니 곰팡이 포자가 다시 살아났다는 거야. 그래서 알아보니 무좀균은 완전히 없어지지 않는대.”

“아, 그렇구나.”

민성이 격하게 공감했다.

“그래, 완전히 치료되지 않는 무좀처럼 트라우마는 언제든 다시 살아날 수 있어.”

보담이 고개를 끄덕이며 말했다. 질세라 향금도 한마디 보됐다.

"게다가 여자는 남자보다 섬세하잖아."

"그래, 그러니까 잘할게. 자연이 한 맺히게 안 해야지."

"민성아, 여자가 한을 품으면 오뉴월에도 서리가 내린다는 속담도 괜히 생긴 게 아닐 거야."

향금이 속담까지 언급하자 민성은 더욱 겸손 모드로 자연을 대했다. 자연이가 괜찮다고 해도 스스로 개운한 마음이 들 때까지 계속 사과해야 한다고 이미 받아들인 터였다. 향금이 잘했다고 눈짓을 보내 왔다.

햄버거를 다 먹자 이인영 선생과 약속한 시간이 되었다.

"자, 이제 가자."

광화문 사무실로 찾아가니 이인영 선생이 컴퓨터 앞에 앉아 있다가 반갑게 맞아 주었다.

"얘들아, 어서 와. 안 그래도 기다리고 있었어. 어머, 네가 자연이구나. 다친 건 괜찮니? 많이 아팠겠다."

목소리에 따뜻함이 묻어났다. 자연이는 그 말에 이미 긴장이 풀리는 듯했다. 이인영 선생과 아이들은 소파에 앉아 의례적인 이야기를 나누었다.

"자연이에게는 참 좋은 친구들이 있구나."

"네. 그런 것 같아요."

자연이가 수줍게 웃었다.

"친구들 덕분에 환한 웃음을 되찾으면 참 좋겠다."

"도와주세요, 선생님."

"그래그래."

이인영 선생은 옆에 있는 작은 방으로 자연이를 데리고 들어갔다. 상담이 시작되었다.

자연이는 자기가 겪었던 일들을 조심스레 꺼내 놓았다. 어릴 적부터 학교에 가서 아이들과 어울리지 못하고 미움을 받고 따돌림과 괴롭힘을 당한 사연은 여전히 아팠다.

이인영 선생은 녹음을 하며 자연이의 이야기를 들었다. 간간이 이인영 선생이 질문을 던지며 상담은 이어졌다.

"선생님, 저는 오랜 시간 상처와 트라우마에 갇혀서 지내왔어요. 그런데 이 트라우마와 상처가 평생 갈까 봐 무서워요. 나를 괴롭힌 아이들은 기억도 못 하는 일이 저는 생생히 떠올라요. 바로 어제 있었던 일처럼요."

"그래, 아물지 않은 상처는 시간이 아무리 흘러도 쓰라린 법이란다."

"선생님 책에서 누구나 마음속 어딘가에 어린아이가 웅크리고 숨어서 울고 있댔잖아요?"

"맞아. 그렇게 썼어."

"그 어린아이가 툭하면 나에게 속삭여요. '나 하나 없어지는 게 낫지 않을까? 다들 나만 싫어하잖아. 내가 뚱뚱하고 못생겨서야. 아무도 믿지 마. 사람은 믿을 수가 없는 거야.' 그렇게 나를 주눅 들게 해요. 어려서 상담도 받고 병원도 다녔지만 소용이 없었어요."

"그래, 그 마음 이해한다."

"미국에서 돌아왔을 때 제일 먼저 한 일이, 어릴 적 나를 괴롭혔던 아이들은 뭘 하고 사나 찾아보는 거였어요. 인터넷이랑 SNS를 뒤져 보니까 어떤 애는 회장도 되고, 어떤 애는 챔피언도 되고, 어떤 애는 신나게 유튜브를 찍는대요."

그 안에 민성도 있었다.

"그 아이들은 날 기억도 못 할 거라 생각하니 너무 억울하고 속상했어요. 내가 죽는다 해도 관심은커녕 내가 자기들 때문에 얼마나 아파했는지 까마득히 모를 거 아니에요."

이인영 선생이 말했다.

"그래, 그렇지. 가해자 아이들 얘기를 들어 보면 정말 아무 기억도 없고, 있다고 해도 그저 장난쯤으로 치부하고 있어. 그 아이들은 정말 별생각이 없어. 아픈 흔적은 너에게만 남아 있는 거지."

"흔적이요? 상처가 아니고요?"

"그래, 이미 지나간 거잖아. 이제 상처를 치유해 흔적으로 남기자."

"걔네들 때문에 사무치게 괴로웠어요. 그러면 걔들은 최소한 기억이라도 해야 하잖아요?"

"맞아. 그런데 안타깝게도 그렇지가 않아. 그러니까 피해자도 스스로 상처에서 빨리 빠져나와야 해."

"진짜 그러고 싶었어요. 빠져나오려고 발버둥 치다 보니까 SNS라는 출구가 보이는 거예요."

자연은 하늘이 천벌을 내리지 않으니까 자신이라도 벌을 내려야 한다고 생각했다. 어린 시절의 아픈 기억이 내면을 깊이 파고들 때마다 가해자 아이들 이야기를 써서 SNS에 올렸다. 처음에는 두려웠지만 한 편 두 편 올리다 보니 마음이 후련하고 대담해졌다. 어려서는 힘이 없어 바보같이 당했지만 이제 힘이 생겼다. 바로 인터넷의 힘이었다. 이제 당당해질 수 있다고 여겼다.

"하지만 자연아, 어릴 적의 일은 네 잘못이 아니야. 넌 언제나 당당해도 돼. 누구든지 폭력에 노출되면 속수무책일 수밖에 없어. 어린아이가 폭력에 맞서 이겨 내기란 거의 불가능해. 그런데 잘 돌이켜 봐. 너는 어려움에도 불구하고 이렇게 잘 자랐잖아. 미국 가서 영어도 배워 오고, 다시 용기를 내서 학교로 돌아왔잖아. 다른 아이들 같으면 검정고시를 보겠다고 했을 거야."

"네, 저도 처음에는 그럴까 했어요."

"그래, 하지만 너는 포기하지 않았어. 학교로 돌아왔고, 인터넷의 힘을 빌어서라도 이겨 내려고 노력했지. 지금도 좋은 친구들을 사귀어서 상처를 딛고 일어나려고 또다시 노력하고 있잖아. 그게 정말 대단한 거란다."

자연은 놀랐다. 살기 위해서 자신이 그토록 치열하게 싸우고 있었다고는 생각지 못했다. 새삼스레 자신이 기특했다.

"내가 수없이 많은 상담을 해보았는데 가해한 아이들은 대부분 별생각 없이 그 일을 저질렀다고 해. 가벼운 장난이었다고. 그러니 당한 사람은 얼마나 화가 나겠니?"

"맞아요."

"자연아, 오해하지 말고 들어. 선생님이 상담해 보면, 누군가를 정말 미워해서 끝장내려고 했던 아이는 거의 없어. 그저 자기 화를 못 이겨서 감정 조절에 실패했을 뿐이지. 공감 능력도 부족했고. 가해 아이들 역시 그만큼 미숙했다는 말이야. 선생님은 오히려 걔네들이 더 불쌍해."

"걔들이 불쌍하다고요?"

"그럼. 놀라운 사실이 뭔지 아니? 가해한 아이들 중 상당수가 다른 누군가에게 폭력을 당한 경험이 있다는 거야."

"저, 정말요?"

"그게 정말 안타까워. 감정을 다스리지 못하고, 자기가 받았던 대로 남에게 돌려주는 거지."

충격이었다. 자연이는 그런 생각을 해본 적이 없었다. 자신의 상처만 보느라 다른 이를 살필 여유가 없었던 것이다.

그때 밖에서는 네 아이가 학교폭력위원회 이야기를 나누고 있었다.

"연합 학폭위가 열리면 수경이고 애들 다 처벌받겠지?"

"그렇겠지. 근데 걔네들만 처벌받는 건 좀 아쉬워."

"왜?"

"일구가 시켰잖아. 일구 얘길 해야 하는데 입을 꽉 다물고 안 하는 모양이야. 나름 의리를 지킨다고 그러겠지."

"정작 필요할 땐 찾아볼 수 없는 의리가 이럴 때 등장하다니, 어처구니가 없다."

보담이의 한탄에 재석도 동의했다.

"그러게. 의리가 너무 변질됐어. 그나저나 나도 지금은 병조 때문에 걱정이야."

재석은 자신의 속마음을 자연스럽게 털어놓았다.

"왜?"

"나와 병조 사이가 아직 서먹하거든. 나는 병조에게 의리를 지키려면 어떻게 해야 할까?"

아이들은 모두 심각한 표정이 되었다. 민성이 말했다.

"병조는 나도 아는데 굉장히 과묵하고 신중한 애지. 그런데 자존심이 너무 세. 우리 학교에서 자기가 글을 제일 잘 쓴다고 생각하고 있었을 텐데 재석이에게 한방 먹은 거지."

분위기를 바꾸려는 듯 보담이 웃으며 말했다.

"일단 재석아, 다시 한 번 축하해. 교지에 글이 다 실리다니 정말 대단하다."

"고마워. 하지만 우화처럼 쓰는 게 쉽지 않더라구. 고치고 고쳤는데 아쉽기만 해. 근데 그보다 병조랑 빨리 다시 잘 지냈으면 좋겠어. 나는 병조를 스승 같은 친구로 생각해. 병조는 분명 좋은 작가가 될 거야. 내가 존경하는 최인호 작가님 같은 경우를 보면 고등학교 때 신춘문예에 등단하셨대."

"와, 정말?"

"응. 지금은 돌아가셨는데, 고등학생이 신춘문예 시상식에 상 받으러 갔다는 거야, 교복 입고."

"천재네 천재."

"그런 작가가 몇 분 있대. 근데 최인호 선생님과 같은 반에 이장호라고 걸출한 영화감독도 계신 거야. 내가 그걸 보고 알았잖아. 아, 뛰어난 사람들이 한곳에 모여 있을 수도 있구나. 함께 있어서 더 성장했겠구나. 병조와 내가 나중에 훌륭한 작가가 되면 나중에 사람들이 그럴 거 아냐? 우리 학교에서 좋은 작가들이 함께 성장했다고."

향금이 까르르 웃으며 맞장구를 쳤다.

"그렇네. 만약에 내가 유명한 리포터가 되고 보담이가 사회 지도자가 되면 아마 우리 보고도 그렇게 얘기하겠다. 금안여고에 훌륭한 여학생들이 함께 성장했다고."

그러자 민성이 깐죽댔다.

"그때 옆 학교에는 잘생긴 남친 김민성 감독도 있었다고 꼭 말해 줘."

"야, 너 죽을래? 큭큭!"

민성과 향금이 장난을 치는데도 재석은 자못 심각했다.

"예전에 불량 서클에서 애들하고 몰려다니면서 나는 그걸 우정이라고 여겼어."

아이들 사이에 침묵이 잠시 흘렀다. 갑자기 보담이 회한에 젖은 재석을 바라보며 말했다.

"재석아, 너 스톤 탈퇴할 때 정말 용기가 대단했어."

재석은 그때 일이 아득한 옛날 일만 같았다. 삼백 대를 맞아야만 나갈 수 있다는 병규의 말에 주저 없이 엉덩이를 내밀었던 일이 떠올랐다. 그런 용기를 낼 수 있었던 건 오로지 보담이 덕분이었다.

"보담아, 고마워. 다 네 덕이었어. 네가 아니었다면 나는 지금 쓰레기가 되어 있을 거야."

듣고 있던 민성이 나섰다.

"야야, 나한테도 고맙다고 해야지. 내가 너 대신 백오십 대 맞아 줬잖아."

"아참, 그렇지. 고맙다."

그러자 보담이 말했다.

"진짜 친구는 고통을 함께 나눌 수 있어야 하는 것 같아. 옛날에 친구 대신 감옥에 갇혔던 사람의 이야기도 있잖아. 의리는 그럴 때 써야 할 말이지."

옛날, 왕이 통치하던 그리스에 절친한 두 친구가 있었다. 둘 중 한 친구가 억울한 누명을 쓰고 재판을 받아 사형에 처하게 되었다. 감옥에 갇힌 채 사형 집행일만 기다리고 있는데 멀리 살고 있는 사형수의 어머니가 위독하다는 소식이 전해졌다.

"왕이시여, 저희 어머니를 뵙고 올 수 있도록 자비를 베풀어 주십시오."

"너를 풀어 주면 다시 돌아온다는 보장이 없지 않느냐?"

"반드시 돌아오겠습니다. 믿어 주십시오."

사형수는 어머니의 임종을 지켜보게 해달라고 계속 간청을 했다.

"좋다. 널 대신해서 감옥에 갇혀 있을 사람이 있다면 보내 주마."

그때 사형수의 친구가 자진해서 대신 감옥에 들어가 있겠다고 했다. 왕은 그 친구를 볼모로 삼고 사형수에게 사흘의 시간을 주었다. 석방된 사형수는 친구에게 말했다.

"걱정 말게. 사흘 안에 꼭 돌아오겠네."

"걱정하지 않아. 잘 다녀오게나."

친구가 떠나고 하루 이틀이 지났다. 그리고 사흘째 되는 날, 해가 질 때까지 사형수는 나타나지 않았다.

"하하! 네 친구는 너를 배신했다. 잠시 뒤면 네가 그놈 대신 처형을 당해야 한다."

"그 친구와 저의 우정은 그런 것이 아닙니다. 배신할 리 없습니다."

"아직도 네 친구를 믿고 있단 말이냐?"

"그렇습니다. 분명 피치 못할 사정이 있을 것입니다. 제 시간에 오지 못해 제가 죽어도 어쩔 수 없습니다."

마침내 시간이 되어 사형을 집행하려 할 때였다. 친구가 교수대에 매달리기 직전 사형수가 숨이 턱에 차서 달려왔다.

"멈추시오! 내가 왔으니 친구를 풀어 주시오!"

기진맥진해 돌아온 사형수에게 왕이 늦은 이유를 물었다.

"큰비로 강물이 갑자기 불어나 도저히 강을 건널 수 없었습니다. 기다렸다가 돌아오느라 늦은 것입니다. 부디 제 친구는 풀어 주십시오."

왕은 두 사람의 참된 우정에 감동하였다.

"오, 진정한 우정이로다. 내 모든 것을 다 주더라도 이런 친구를 한번 사귀어 보고 싶구나."

그렇게 하여 두 사람은 모두 풀려나게 되었다.

책을 많이 읽은 보담이 그리스 친구들의 우정에 대해서 이야기를 해주자 아이들은 모두 감동했다.

"와, 죽을 수도 있는데 친구 대신 감옥에 갇히겠다고 나서다니!"

"돌아오면 죽을 게 뻔한데 도망치지 않은 사형수도 훌륭한 것 같아. 우리도 앞으로 그런 친구가 되자."

"그래, 우리는 선한 어벤져스가 되자."

향금의 제안에 민성이 말했다.

"야, 어벤져스의 어 자도 듣기 싫어."

아이들이 한참 이야기하고 있을 때 자연이가 나왔다. 자연이의 얼굴이 발갛게 상기되어 있었다.

"자연아, 상담 다 끝났어?"

이인영 선생이 뒤따라 나오면서 말했다.

"자연이 이야기 잘 들었어요. 뭐가 문젠지도 알게 되었고."

"선생님, 고맙습니다."

자연이는 표정이 밝았다. 이인영 선생이 자연이의 어깨에 팔을 두르며 친구들을 보았다.

"너희에게도 이야기하고 싶은 게 있어."

"뭔데요?"

"자연이는 너희가 자기를 어떻게 생각하는지 듣고 싶다는구나."

아이들은 당황했다. 그런 이야기를 대놓고 하기가 좀 쑥스러웠던 것이다.

"솔직하게 이야기해 줘."

자연이의 말에 제일 먼저 입을 연 건 보담이었다.

"자연이가 우리 학교에 전학 온 건 처음에 몰랐어요. 민성이에 대해 안 좋은 글을 올린다는 이야기를 듣고 자연이한테 관심을 갖게 되었지요. 저도 어렸을 때 친구들에게 시기와 질투를 받았던 경험이 있어서 자연이 마음을 충분히 이해해요."

보담이 솔직한 심정을 이야기했다. 그러자 향금도 말했다.

"저는 자연이같이 얌전하고 조용한 스타일이 아니에요. 워낙 나대는 성격이라 쾌활하고 밝아 보이니까 친구들이 많은 줄 아는데 그렇지 않아요. 잘난 척한다고 아이들이 미워하거든요. 자연이나 저나 관계의 어려움을 겪는 건 마찬가지인 것 같아요."

재석이 향금을 이어 말했다.

"저는 자연이 덕분에 지난 일을 돌이켜 보고 깊이 반성하고 있습니다. 저도 어려서 아이들을 많이 괴롭혔거든요. 사실 지금 좀 두려워요. 민성이 일이 남 일 같지 않아서요."

"그래?"

이인영 선생이 피식 웃었다. 이제는 민성이 차례였다.

"요즘 매일 자연이에게 사과하고 있어요. 사과에는 끝이 없는 것 같아요. 처음에는 기억도 나지 않는 일로 사과하는 것이 억울하고 쑥스럽기도 했지만, 지금은 달라요. 자연이가 아픔을 잊을 때까지 사과할 거예요."

이인영 선생이 다가와 민성의 어깨를 가볍게 두드려 주

었다.

"훌륭한 태도야. 사과할 때마다 진정성 있게! 알지? 진심은 통하는 법이니까."

"네, 알고 있어요. 그런 의미에서 자연아, 나 정말 미안하다. 용서해 주라."

그건 민성의 진심이었다. 자연이가 웃으며 고개를 가로저었다.

"괜찮아. 그만 사과해도 된다니까. 나 너 용서했어."

그때 이인영 선생이 재석을 보며 물었다.

"여기서 중요한 건 말이지, 재석 군은 몸에 상처가 나면 어떻게 해?"

재석은 갑자기 자신에게 질문이 돌아오자 자세를 바로 했다.

"상처를 치료하죠. 꿰매고, 약 바르고, 뼈가 부러졌으면 깁스를 하고요. 저 그런 일 여러 번 겪었어요."

"마음도 똑같아. 마음의 상처를 빨리 치료하고 제때에 아물게 해야 해."

"안 그러고 놔두면 어떻게 돼요?"

보담이 곁에서 물었다.

"곪지 뭐 어떻게 돼?"

재석이 잘 아는 듯 대답하자 이인영 선생이 말했다.

"맞아. 상처를 잘 치료하면 흉터만 좀 남고 새살이 돋아나지만, 제대로 치료하지 못해 아물지 않은 상처는 계속 쓰리고 아파. 크게 덧이 나기도 하지. 지금이라도 자연이가 이런 대화를 나누는 건 정말 바람직해. 몸은 커지는데 마음만 어린 시절에 갇혀 있으면 안 돼. 자연아, 어린 자연이를 밖으로 끄집어내 줘. 관계 안에서 상처를 주고받으며 성장해야 하는데 혼자 자기 상처만 끌어안고 있으면 안 된단다."

"어떻게 하면 되나요?"

"좋은 친구들의 손을 잡고 밖으로 나와. 이야기를 나누면서 꾸준히 건강하고 새로운 관계를 맺어 가야 해."

"흑흑흑!"

자연이가 갑자기 울음을 터뜨렸다. 이인영 선생은 조용히 휴지를 건네주었다.

"자연아, 사람들은 의외로 충동적으로 행동한단다. 누군가의 치기 어린 충동에 우연히 네가 휩쓸렸던 거야. 그런 일로 고통 속에서 지내는 건 너무 허망하지 않니?"

자연이는 한참을 흐느꼈다. 보담과 향금도 눈물을 흘렸다. 함께 울어 주는 친구가 있어 자연은 행복했다. 코를 크게 풀고 나서 코맹맹이 소리로 말했다.

"선생님, 저는 어린 시절의 철부지 친구들이 아니라 어리석은 제 자신부터 용서해야 할 것 같아요."

"아이들에게 괴롭힘을 당한 건 네 잘못이 아니야. 스스로 미워하거나 죄책감에 시달릴 필요는 없어. 부모님은 이번 폭행 건에 대해서 어떻게 생각하시니?"

"엄마 아빠 두 분 다 교육자여서 조용히 해결하고 싶어하세요. 방황하는 아이들이 안쓰러우신가 봐요. 그런데 처음에 화가 나서 학폭위를 열어 달라고 말하는 바람에 담임선생님이 수경여고 선생님께 말씀을 하셔서 일이 커졌어요."

"그렇구나."

자연이의 폭행 사건을 전해 들은 수경여고 선생은 흥분하였다.

"우리 학교 애들이 패거리로 몰려가서 다른 학교 아이 하나를 때렸다고요? 이런 일을 눈감아 주면 안 되지요."

그렇게 하여 수경여고 교무부장, 이어서 교장 선생에게 이 일이 보고되면서 하니 패거리 사건이 드러났다. 수경여고 교장은 다른 학교와 엮인 만큼 더욱 잘 처리해야 한다며 학폭위를 열기로 했다고 한다.

"어머니께서 교사라고? 어머니는 너를 잘 이해해 주시니?"

"엄마는 제 마음에 별로 관심을 안 가지세요. 그리고 나보고 잘하라고만 하세요. 그게 너무 싫어요."

자연이가 서러운 듯 훌쩍였다. 재석은 용기를 내어 말했다.

"선생님, 저는 자연이 마음을 충분히 알겠어요. 하지만 자연이 어머니 생각도 이해가 돼요."

"그래?"

"자연이를 괴롭혔던 아이들이 물론 잘못한 게 맞는데, 그건 그거고 그때 자연이도 스스로 노력을 해야 하지 않았을까요?"

그러자 자연이의 얼굴이 붉어졌다.

"자연아, 네가 정말 힘들었을 거란 건 잘 알아. 그런데 폭행이나 왕따를 피할 방법은 궁리해 보았어?"

"글쎄, 생각해 본 적 없어."

재석은 천천히 입을 열었다.

"처음에 아이들이 툭툭 건드릴 때 가만히 있지만 말고, 뭐라도 행동했으면 어땠을까?"

"행동? 맞서 싸우라고?"

보담이 옆에서 물었다.

"아니, 그건 아니고. 만약 누군가가 날 미워하거나 괴롭히면 왜 그런지 이유를 생각해 보고, 그런 뒤엔 스스로 자신을 지키기 위해 뭐든 해야 할 것 같아. 내가 초등학교 때 장난삼아 한 아이를 한 대 쳤는데, 그 아이가 다음 날 나한테 그러는 거야. '재석아, 너 왜 나 때렸어? 한 번만 더 때리면 나는 너랑 죽기 살기로 싸울 수밖에 없어'라고. 그 얘길 들으니까 살짝 겁이 나더라고. 그래서 더는 걔를 건드리지 않았지. 누군가 나를 함부로 대하면 그냥 참지 말고 작은 행동이나마 해야 한다고 생각해. 선생님에게 말하든가."

자연이가 고개를 푹 숙였다. 향금이 옆에서 말했다.

"작은 행동도 큰 용기가 필요해. 어린 아이들은 그렇게 맞서기가 쉽지 않아. 차라리 눈치를 살펴서 괴롭히는 아이들한테 비위를 좀 맞춰 주는 것도 방법이 아닐까?"

그러자 이인영 선생이 말했다.

"잘못된 행동에 비위를 맞출 필요는 없지만, 다른 아이들이 나를 왜 싫어하는지 한번 돌아보는 건 좋겠지. 내가 더 나은 모습으로 성장할 기회로 삼을 수 있으니까."

"아, 그렇겠네요."

보담이 크게 고개를 주억거리며 말했다.

"저는 자연이가 친구를 사귀려고 노력하면 좋을 것 같아요. 위험에 처했을 때 친구가 편들어 줄 수 있잖아요."

자연이는 친구들의 이야기를 들으며 곰곰이 생각에 잠겼다. 늘 외로워하면서도 누군가 다가오면 해코지라도 당할까 봐 움츠러들었다. 어쩌면 자신은 주변의 친구들을 모두 잠재적 가해자로 만든 것인지도 몰랐다.

"그동안 제가 너무 소극적이고 부정적이었던 것 같아요. 친구들이 나를 미워하고 괴롭힐지 모른다고 의심부터 했거든요. 그리고 내가 먼저 다가갈 생각은 한 적이 없었어요."

"그랬구나. 하지만 자연아, 사람 관계는 일방적이지 않아. 서로 영향을 주고받거든. 내가 먼저 긍정적인 신호를 보내야 상대방에게서 긍정적인 신호가 올 확률이 높단다. 반대로 나의 부정적 생각은 상대방에게도 전해지지. 앞으로는 노력을 해봐. 상대방을 배려하는 말이나 행동, 뭐 이런 거. 네가 먼저 다가가야 해."

"네, 노력해 볼게요."

뭔가 해보겠다는 마음이 자연을 설레게 했다. 자연이는 왠지 기분이 좋아졌다. 그때 엄마에게서 문자가 왔다.

> 자연아,
> 상담 끝났으면 바로 집으로 와.
> 엄마가 맛있는 사과파이 해놓을게.

옆에서 슬쩍 문자를 보고 향금이 말했다.

"우아, 너네 엄마는 문자를 친절하게 보내시는구나."

"응."

자연이는 무뚝뚝하게 대답했다.

"너는 뭐라고 문자 보낼 거야?"

"그냥 알았다고……."

향금이 펄쩍 뛰었다.

"야, 엄마가 그동안 얼마나 걱정하고 속상하셨겠어? 애도 많이 쓰셨을 텐데, 그냥 알았다가 뭐야? 다정하게 보내야지."

"다정하게? 어떻게?"

"핸드폰 줘봐. 아, 봐도 돼?"

"응."

자연이의 마음이 많이 열린 것 같아 향금은 내심 흐뭇했다. 자연이 핸드폰을 건네받아 어머니와 주고받은 문자를 쭉 읽어 보았다.

"어머어머, 이것 좀 봐."

자연이 엄마의 문자는 병원에서 만났을 때의 말투와 완전 딴판이었다.

사랑하는 내 딸,
오늘도 학교에서 친구들과 사이좋게 지내.
항상 웃음 잃지 말고
상냥한 친구가 되길 바란다.
저녁때 엄마가 맛있는 음식 해놓을게.
기분 좋게 집에 돌아오렴.

알았어.

딸! 꿈을 정해서 열심히 노력했으면 해.
학교는 너의 꿈을 위해서
능력과 실력을 닦는 곳이란다.
친구들과 사귀면서 꿈을 향해
한 발 더 가까이 가보렴.
수업 시간에 졸지 말고
친구들과 함께 열심히 공부해.

문자로도 잔소리야?

"자연아, 엄마한테 이렇게 문자 보내면 어떡해? 내가 우리 엄마에게 보낸 거 볼래?"

향금은 제 휴대폰을 꺼내 엄마와 주고받은 문자를 보여 주었다. 향금이네는 오히려 엄마 문자가 간단했다.

딸, 어디냐?
빨리 들어와라.
여자애가 늦게 다니면 안 돼.

엄마, 나 재석이 보담이 민성이랑
즐거운 시간 보내고 있어용.
엄마는 이따 내가 들어가서 안마해 줄게.
기다려요. 민성이가 바래다준다니까
걱정하지 마세용.
사랑해요. ♡♡♡
알랴븅!

"봤지?"

"아, 오글거려."

"자연아, 말 한마디로 상대방을 기분 좋게 할 수 있잖아. 너도 엄마한테 미안하고 고마운 마음을 전해 봐."

"아, 못해, 나는."

"해보라니까. 아님 내가 대신 써줄까?"

향금은 자연이 폰을 받아서 바쁘게 꾹꾹 눌러 댔다. 잠시 뒤 향금이 보여 준 문자에 아이들은 모두 웃음을 머금지 않을 수 없었다.

엄마 딸이 살쪄서 돼지가 되길 바라는 거야?
하지만 엄마가 해준 음식은 언제나 맛있어.
엄마는 내 인생 최고의 셰프예요.
상담 끝났으니까
엄마가 좋아하는 거 사서 곧 갈게.
엄마 사랑해용!

"못해, 못해. 나 이런 문자 못 보내."

자연이가 길길이 뛰었다.

"보내 봐."

"이모티콘이랑 사랑한단 말도 더 넣어. 사랑한다는 말은 아무리 많이 해도 지나치지 않댔어."

옆에서 아이들이 부추겼다.

"아우, 정말 못 살아."

자연이는 쑥스러워하면서도 눈을 반짝였다. 정말 이런 문자를 보내면 엄마가 어떤 반응을 보낼지 궁금했던 것이다.

"용기를 내서 보내 보라니까."

"알았어. 나 책임 못 져."

자연이는 못 이기는 척 향금이 써준 문자를 보냈다. 아이들은 기대에 차서 화면을 들여다보며 기다렸다. 1분이 지나도 답이 오지 않았다.

"너네 엄마 충격받으셨나 보다. 쓰러지신 거 아냐?"

"글쎄 말이야."

그때 문자가 왔다. 아이들 눈은 모두 자연이의 폰에 고정되었다.

> 사랑하는 딸,
> 오늘 예쁘게 말하네? 해가 서쪽에서 뜨겠어.
> 엄마도 맛있는 거 해놓고 기다릴게.
> 사랑해~
> 빨리 와.
> 저녁에 행복한 시간 보내자.

"아으!"

자연이는 몸서리를 쳤지만 얼굴에 웃음이 가득했다.

"거봐, 네가 먼저 다가가니까 엄마도 기뻐하시잖아. 상대방의 친절과 호의만 바라는 건 도둑놈 심보다, 너. 그리고 엄마가 기뻐하시니까 너도 기분 좋지? 받는 것보다 주는 게 더 행복한 거야."

향금의 잔소리에 이인영 선생이 웃으며 말했다.

"너희가 나보다 훨씬 더 좋은 상담사구나."

"정말요? 호호호호!"

그날 자연은 행복한 얼굴로 집으로 돌아갔다.

일구라는 아이

드디어 교지가 발간되었다. 김태호 선생이 국어 시간에 학급 인원에 맞게 직접 들고 온 교지는 150쪽 안팎으로 얇았다. 교지를 받아 든 아이들은 후루룩 넘기며 자기 사진이나 글이 나왔는지부터 살폈다. 여기저기에서 환호성이 들렸다.

재석은 소설부터 찾아 읽기 시작했다.

"야, 소설 근사하다."

민성이 먼저 축하의 뜻을 전했다.

"어디어디?"

반 아이들도 관심을 보였다.

짧은 머리의 수난

머리카락 왕국에는 30명의 백성들이 살고 있었다. 왕국의 우두머리는 곱슬머리였다. 서른 개의 머리 군상 중에서 곱슬머리는 유일했다. 자연스럽게 곱슬머리가 왕이 되었다.

시간이 흐를수록 곱슬머리는 무성해졌다. 독보적인 존재가 된 것이다. 다른 머리들은 모두 곱슬머리에게 고개를 숙였다. 곱슬머리의 권세와 위력은 하늘을 찔렀다. 모두 곱슬머리를 만나면 절을 해야 했고, 다 같이 모이면 곱슬머리 쪽으로 몸을 기울여야 했다. 하지만 머리카락의 토양 노릇을 하는 사람들은 이 사실을 전혀 눈치 채지 못했다.

그런데 곱슬머리의 토양인 학생은 그 반에서 가장 힘이 약한 녀석이었다. 자신의 머리카락이 다른 아이들의 머리카락을 모두 지배하고 있다는 사실을 그 아이는 알 리 없었다. 어느 날…….

여기저기에서 킥킥 웃음소리가 터져 나왔다.

"재석아, 네 글 재밌다."

"이거 진짜 웃겨."

재석은 자신의 글을 읽다가 다른 페이지를 넘겨 보았다. 병조의 글이 하나 실리기는 했다. '교지 편집에 바란다'라고, 교지를 읽고 원하는 것을 적어서 내는 일종의 여론조사 같은 코너였다.

열린 교지가 되길……

'교지'라는 것은 학생들이 자신의 글을 싣고 생각을 비교해 보는 장이다.

그렇기에 활짝 열려 있을수록 좋은 글과 다채로운 의견이 들어올 수 있다.

우리 학교 교지는 좀 더 문을 활짝 열었으면 좋겠다.

학생 문예부원들이 편집을 하고 있지만, 더 많은 학생들에게 원고를 받았으면 한다. 거기에 글 못 쓰는 학생도 의견을 개진할 수 있는 방법을 찾아낼 수 있다면 더욱더 훌륭한 교지가 될 거라고 믿는다.

틀린 말은 아니었지만 평소 자존심 강한 병조의 생각이라고는 보기 힘든 글이었다. 재석은 점심시간에 병조 자리로 찾아갔다. 병조는 여느 때처럼 조용히 책을 읽고 있었다.

"병조야!"

"어, 왜?"

고개 든 병조의 눈을 보는 순간, 재석은 할 말을 잊었다.

"왜? 할 말 있음 말해."

"어. 미, 미안하다고."

"뭐가?"

"교지에 내 글이 실려서."

"그게 왜 미안하냐? 네가 잘 써서 실린 건데. 너는 글을 잘 써서 실린 거야. 나는 글을 못 쓰니까 떨어진 거고."

"아니야. 그게 아니고, 형들이 고민이 됐나 보더라고."

"글쎄, 그게 못 쓴 거지. 아무리 내가 잘 썼다고 그러면 뭐 하냐? 뽑는 사람이 못 썼다고 안 뽑으면 못 쓴 글이지."

"야, 그게 아니고, 학생들 수준에 너무 글이 어렵다고 그랬어. 그래서 안 실은 거래."

"야, 제일 한심한 작가가 독자들 탓하는 작가야. 내 글을 이해하지 못한다고 편집위원들을 욕하거나 미워하고 싶진 않아. 내가 좀 더 쉽게 못 써서 그렇지 뭐. 나는 다른 곳에 응모하기로 했으니까 네가 미안해 할 필요 없어. 상금 오백만 원짜리 현상 공모에 넣었어."

"그래? 잘됐으면 좋겠다."

"네가 바란다고 잘되고 그러는 건 아니지."

병조는 눈에 띄게 냉소적이었다. 재석은 가슴속에서 욱하고 뜨거운 것이 올라왔지만 애써 눌러 참았다. 병조도 속이 좋지 않을 것을 누구보다 잘 알았기 때문이다.

"그래, 미안해."

"미안할 거 없다니까."

"아, 알았다."

재석은 자리로 돌아왔다. 평소와 너무도 다른 병조와 다시 관계를 회복하려면 어떻게 해야 할지 걱정이 되었지만, 시간이 필요하다는 생각이 들었다. 하루 종일 재석은 기분이 우울했다. 수업이 끝나갈 무렵이었다. 낯선 번호로 문자가 떴다.

> 황재석 번호 맞지? 나 수경이고 하니야.
> 일구가 너 좀 만나고 싶다고 해서
> 네 전화번호 넘겼어.

순간 재석은 등골이 오싹했다. 일구라는 녀석이 드디어 모습을 드러낼 모양이었다. 어벤져스를 이끄는 녀석이라면 자기가 심부름 시킨 일에 책임을 질 줄 알아야 하는 것이었다.

'그러면 그렇지. 어떻게 생긴 녀석인지 한번 얼굴이나 봐야겠군.'

집을 향해 가고 있을 때였다. 어두운 골목길에서 남학생 하나가 나타났다. 느낌으로도 그 녀석이 일구일 거라고 짐작할 수 있었다. 가까이 다가오던 녀석이 멈춰 섰다.

"네가 재석이냐?"

"그래. 넌 누구냐?"

가로등 불빛에 얼굴이 드러난 순간 둘은 서로 놀랐다.

"엇, 너는?"

"네가?"

재석은 그 녀석 얼굴을 기억했다. 엄마 식당에 봉식을 따라온 고등학생이었다. 연습생이라던 그 녀석이 일구라니!

"나 차일구야. 우리 한 번 만났지?"

"그래."

"그때 봉식이 형이랑 갔던 식당 아들이 넌 줄 몰랐다. 그런데 날 왜 보자고 했냐? 네가 나 한번 만나자고 했다며?"

"그래. 네가 안 나타나서 비겁한 녀석인 줄은 알았다. 애들에게 곤란한 일 시켜 놓고 뒤로 빠진 녀석이잖아."

재석이 먼저 비아냥댔다.

"뭐라고? 누가 뭘 시켜?"

"네가 자연이 손 좀 보라고 애들 시킨 거 아니냐?"

"잘 알지도 못하면서 나대지 마라."

눈에서 레이저광선이 나오는 것처럼 째려보는 일구였다.

"그래, 시키지 않았다고? 그런데 하니라는 애가 왜 패거리 몰고 와서 아이 하나를 두들겨 팼을까?"

"시킨 적 없어. 지들이 알아서 한 거지."

"그건 내가 알 바 아니고, 의리 있게 너도 책임이 있다고 말하는 게 어때?"

"자연이가 어떤 기집앤지 모르겠지만, 나는 본 적도 없다. 초등학교 동창이라는데 기억도 안 나고."

"그래? 기억나지 않는다고 죄가 없어지는 건 아니지."

"그건 그렇고, 나는 너하고 해결해야 할 것이 있다."

"해결? 뭘 해결하냐? 우리가 언제 봤다고?"

재석은 눈에 힘을 주었다.

"너, 초등학교 5학년 때 보람상가 앞 오락실에서 나랑 맞짱 뜬 거 기억나냐?"

"너랑 내가?"

가만 생각해 보니 그 비슷한 기억이 떠올랐다.

가평에서 할머니와 지내다 다시 엄마와 함께 살게 된 재석은 새로운 생활에 적응하지 못하고 밤늦도록 거리를 싸돌아다녔다. 오락실이나 만화방 등을 전전하며 게임기에 잔돈이라도 떨어져 있나 싶어 손을 찔러 넣는 것이 재석의 일이었다. 그때 오락실 앞에서 아이들을 몰고 다니는 녀석을 만난 적이 있다. 녀석은 얇은 테니스라켓 줄을 가지고 다녔다. 그 줄을 동전 투입구에 밀어 넣으면 동전이 들어온 걸로 인식해서 게임기가 켜졌다. 녀석은 그런 기술을 내세워 아이들에게 대장 노릇을 하고 있었던 것이다.

어느 날, 재석은 바닥에 떨어진 동전을 우연히 발견하고 재빨리 주우려고 하는데 누군가가 먼저 발로 밟았다.

"야, 이거 내 돈이야."

"뭐라고?"

고개를 드니 다부지게 생긴 녀석이 하나 버티고 있었다.

"내가 떨어뜨린 돈이라고."

"아까부터 여기 떨어져 있는 걸 봤는데, 어디서 좀벌레 같은 게 와서 강도질이야?"

"뭐? 이 자식이!"

녀석이 동전을 밟고 있던 발을 재석을 향해 뻗었다.

재석은 재빨리 몸을 뺐다. 헛발질을 한 녀석이 주먹을 휘두르려는 순간 재석은 먼저 주먹을 날렸다. 그리고 선제공격에 나가떨어진 녀석을 깔고 올라타 실컷 두들겨 팼다. 그 정도 가지고 떡이 되도록 두들겨 팰 일은 아니었다. 하지만 재석은 그때 독이 오를 대로 올라 있었다. 다시 엄마와 함께 살면서 받는 스트레스가 장난이 아니었다. 엄마는 사사건건 잔소리를 했고, 며칠 전부터 여덟시 통행금지까지 만들어 놓았던 것이다. 통행금지를 어기면서 오락실을 싸돌던 재석에게 일구는 불운하게도 제물이 된 셈이었다. 일구가 아무리 운동을 했다고 해도 실전 싸움으로 다져진 재석을 이길 수는 없었다.

　재석은 코피가 터지도록 두들겨 맞은 일구를 쫓아 보냈던 기억이 어렴풋이 났다.

　"그게 너였냐? 테니스라켓 줄을 들고 다니던 놈이?"

　"그래, 이제 기억나냐? 식당 집 아들이 싸움꾼 황재석일 줄은 몰랐다. 원수는 외나무다리에서 만난다더니 잘 걸렸다."

　"그래서 한판 붙자고?"

　"그래. 어디 오늘도 나를 원껏 때려 보시지."

　"야, 나 싸움 안 한다. 그때 내가 너를 때렸던 건 미안하다. 용서해라."

　"용서? 말로만? 말로만 미안하다고 하면 다냐?"

　"말로 안 하면 어떻게 해야 되냐?"

　"너한테 떡이 되게 맞았어. 나도 제대로 두들겨 패야 되겠다."

　"싸움 같은 거 나 안 한다니까. 싸우기 싫어. 그나저나 너는 자연이에게 사과나 해라."

　"사과? 흥, 못 해! 자기는 사과도 않는 놈이 어디서?"

　"나는 미안하다고 했잖냐?"

"그런 마음에도 없는 사과 원하지 않는다."

"그럼 어쩌라고?"

"나랑 정식으로 붙어. 네가 날 이기면 그때 내가 자연이에게 사과하지."

"야, 너하고 싸우기 싫다니까!"

"사과를 원한다며? 네가 이기면 학폭위에 가서 내가 시킨 거라고 말하지. 자, 잘 생각하고 답을 줘라."

일구는 그렇게 말하고 떠나갔다. 재석은 난감해졌다. 일구를 만나 자연이한테 사과시키려고 했는데 일이 꼬여 버렸다.

재석은 봉식에게 전화를 했다.

"형, 지난번에 식당에 데리고 왔던 일구라는 애 있죠?"

"네가 일구 이름을 어떻게 알아?"

"걔 왜 데리고 다녀요?"

"아, 그 녀석이 연예인 매니저가 되고 싶다고 찾아와서 애걸복걸하더라고. 보디가드 겸 따라다니고 싶다고. 그래서 내가 수습생처럼 데리고 다니는 중이야. 근데 왜?"

"아, 일구가 어벤져스라는 일진 클럽 리더래요."

"뭐? 정말이야?"

"네. 화란이 누나 일도 있는데, 그런 놈 데리고 다니면 어떻게 해요."

"내가 좀 알아볼게. 안 그래도 브랜뉴 때문에 회사가 얼마나 시달리고 있는데……. 아무튼 고맙다."

재석은 전화를 끊었다.

큰 결심

재석은 오랜만에 민성과 함께 금안여고까지 달려야겠다고 마음먹었다. 요즘 와서 부쩍 체력이 떨어지는 것을 느끼는 재석이었다.

"야, 우리 오늘은 뛰어서 갈래?"

"금안여고까지?"

"응."

"먼데?"

"머니까 뛰지, 가까우면 걸어가지."

"아, 알았어."

두 아이는 달리기 시작했다.

"야, 거리가 머니까 초반에 너무 스피드 내지는 마."

체력이 약한 민성이 금세 헉헉댔다. 재석은 이렇게 달리면 무념무상이 되어서 복잡한 머리가 맑아지는 것 같아 좋았다.

재석이 오늘 달리기로 한 것은 요즘 마음이 복잡해서였다. 여러 관계가 뒤엉켜서 생각하면 할수록 얽히고설켰기 때문이다. 일구는 그 뒤로도 계속 문자를 보내 왔다.

> 언제 붙을 거냐?
> 네가 원하는 날짜에 붙어 줄 테니까 말만 해.
> 황재석, 너 설마 겁먹은 건 아니겠지?

문자가 올 때마다 재석은 무어라 답해야 할지 난감했다. 일구와 붙는 거야 걱정할 일도 아니었지만 그로 인해 어떤 일이 벌어질지 알 수가 없었기 때문이다. 게다가 자신이 일구를 꺾으면 약속대로 자연이에게 사과할지도 모를 일이었다.

생각에 잠긴 재석 옆으로 민성이 다가왔다.

"그나저나 너 일구랑 어떻게 하기로 했어?"

"아직 고민이야. 일구는 나한테 원한이 있고 자연이는 일구에게 원한이 있잖아. 두 일이 애매하게 엉켜가지고……."

"미안하다. 나 때문이다."

"아니야, 너의 문제는 곧 내 문제잖아. 이참에 나도 과거 일구와의 악연을 끊어 내야지."

어느 새 금안여고 앞이었다. 두 아이는 온몸이 땀투성이였다. 둘은 숨을 고르며 자연이를 기다렸다. 자연이는 병원을 퇴원하고도 학교 갈 엄두를 내지 못했다. 누가 또 나타나서 괴롭힐까 봐 잔뜩 겁먹은 자연이를 위해, 재석과 민성은 매일 집까지 자연이를 에스코트하기로 했던 것이다.

"자연이는 요즘 인터넷에 글 안 올리나?"

"응. 그렇긴 한데 올렸던 글을 사람들이 여기저기 퍼 날라서 골치 아픈가 봐. 인터넷에선 장례식 치르기가 정말 힘들어."

민성의 말에 재석이 물었다.

"장례식? 무슨 장례식?"

"썼던 글들을 완전히 없애는 거. 시간도 오래 걸려서 일본에선 돈 받고 지워 주는 사람도 있대. 디지털 장의사라고."

"그래?"

"그러니까 화나고 열 받는다고 인터넷에 함부로 글 올렸다가는 큰일 날 것 같아."

"그렇구나."

"영원히 기록이 남잖아."

"맞아. 신중하지 못한 행동은 후회를 부르게 되어 있어."

그때 보담과 향금이 자연이와 함께 나왔다.

"애들아, 여기야."

"그래, 너희 왔구나."

다섯 친구들은 전철역을 향해 나란히 발걸음을 옮겼다.

"자연아, 괜찮니?"

"응, 고마워. 너네가 와주어서 다행이야."

자연이는 민성과 재석이를 보자 약간 얼굴빛이 밝아졌다.

아이들은 걸어가면서 또래 학생들이 흔히 나누는 이런저런 이야기를 재잘댔다. 빵집 앞을 지나는데 향금이 말했다.

"애들아, 날씨도 더운데 아이스크림 하나씩 사줄게."

"그래? 나 아이스크림 좋아."

여자아이들이 아이스크림을 고르러 가자 재석과 민성은 길가에 있는 음반 가게의 쇼윈도를 구경했다. 새로 나온 그룹들과 곡들이 화려하게 전시되어 있었기 때문이다.

"요즘 브랜뉴는 소식 없냐?"

"잠깐 잠잠한 거 같긴 한데, 그래도 계속 봉식이 형네 회사에서 피해자와 접촉을 시도하는 모양이야."

봉식은 얼마 전에 문자를 보내 왔었다.

일구라는 녀석, 더는 나오지 말랬다.
녀석도 그만하게 될 줄 알았다고 하더라.
고개 푹 숙이고 가는데
안쓰럽기는 하더라. 어쩔 수 없지.
알려 줘서 고맙다.

문자를 보고 재석은 마음이 무거웠다. 나름대로 꿈을 갖고 미래를 위해 노력하는 것일 수도 있는데, 재석이가 그 꿈을 막은 셈이 되었기 때문이다. 한 번 더 일구 마음에 상처를 준 꼴이었다.

그때였다.

"꺄악!"

자연이의 비명에 놀라 고개를 돌려 보니, 어둠 속에서 자연이를 향해 다가오던 그림자 무리가 보였다.

"너희 뭐야!"

재석이 벼락같이 소리치며 달려가자 그림자들은 그대로 돌아서서 어둠 속으로 사라졌다. 뭐라고 중얼거리는 것이 욕을 하는 것 같았다.

"아는 애들이니?"

민성이 자연이에게 물었다.

"아니, 모르는 애들이야. 싸늘한 느낌이 들어서 돌아보니 누군가 해코지하려고 다가오고 있었어. 느낌으로 알아."

　수경여고가 아니라 다른 학교 학생들인 것 같았다. 재석은 민성에게 말했다.

"어벤져스 애들이 또 시킨 것 같다."

　재석의 말에 민성이 동의했다.

"그렇지?"

　보담과 향금이 계산을 치르고 뒤늦게 나와 물었다.

"어떻게 된 일이야?"

"웬 여자애들이 자연이가 먼저 나오는 걸 보고 다가오다가 도망갔어."

"어머, 자연아, 괜찮아?"

"무, 무서워!"

"그래, 얼른 집에 가자."

　아이들은 자연이를 에워싸고 집 앞까지 데려다주었다.

"자연아, 조심해서 들어가."

"얘들아, 고마워."

　집으로 오면서 아이들은 일구 이야기를 나누었다.

"일구랑 아무래도 한번 붙어 줘야 할 것 같아. 정식으로 사과를 받아 내서 아이들을 풀지 않게 해야 해. 안 그러면 해결이 안 나겠어."

"네가 이긴다고 일구가 말을 들을까?"

보담이 걱정되는 눈빛으로 물었다.

"맞아. 그런 애들은 약속을 안 지킬 수도 있잖아."

향금이 옆에서 거들었다.

"남자 대 남자로 선언하고 붙으면 아마 자존심이 있어서 지킬 거야. 내가 스톤에서 나올 때도 삼백 대 맞으면 풀어 준대서 진짜 그렇게 풀려났잖아. 말한 거는 지키겠지."

"하지만 너 다치면 어떡해?"

보담이 걱정스런 얼굴로 쳐다보았다.

"다치지 않는 방법을 생각해야지."

"야, 싸우는데 어떻게 안 다치냐!"

집에 돌아와 재석은 고민에 빠졌다. 싸우자고 덤비는 일구와 한판 승부는 피할 수 없을 것 같았다. 일구를 이겨서 자연이에게 사과하도록 만드는 것은 어려운 일이 아니었다. 그러나 일구를 꺾으면 일구의 원한은 풀리지 못한 채 계속 남을 것이었다. 이인영 선생도 관계라는 것은 그렇게 무리하게 풀 수 있는 것이 아니라고 했다. 최고의 승리는 적을 친구로 만드는 것이라는데 그게 어디 쉬운 일인가. 그렇다고 싸워서 질 수도 없는 노릇이었다. 지게 된다면 일구의 어벤져스는 더욱 더 기승을 부릴 게 뻔했다.

'나를 꺾었다고 얼마나 기고만장할까. 자연이가 일구의 사과를 받는 것도 물 건너간다.'

풀리지 않는 고민에 괴로워하고 있을 때 갑자기 떠오르는 사람이 있었다. 바로 부라퀴였다.

"그래, 할아버지에게 전화를 드리자."

늦은 시간이었지만 재석은 망설이지 않았다. 부라퀴가 열두시 가까이 붓글씨를 쓰거나 책을 읽으며 자기수양을 한다는 걸 익히 알고 있었기 때문이다.

두어 번 신호음이 울린 후 부라퀴가 전화를 받았다.

"재석이냐? 녀석, 오랜만이다. 밤늦게 웬일이냐?"

"할아버지, 안녕하세요?"

"그래, 나는 잘 있다. 너는 어떻게 지내나?"

"저도 공부하며 열심히 지내고 있습니다. 참, 이번 학교 교지에 제 소설이 실렸어요."

"그래, 훌륭하구나."

재석은 뜸을 들이지 않았다.

"근데 할아버지, 저 고민이 있어요."

"무슨 고민이냐? 말해 봐라."

재석이 자초지종을 이야기하는 동안, 부라퀴는 잠자코 들고만 있었다.

"그런 일이 있었구나. 그래서 너는 어떻게 할 참이냐?"

"일구가 저렇게 집요하게 덤벼서 피하기는 힘들 것 같아요. 그런데 싸우면 엄마도 걱정하고 친구들도 걱정하고……. 어떡하면 좋을지 모르겠어요."

"사내답게 한번 붙어야 되겠다는 거냐?"

"네."

"그러면 싸움 말고 스포츠로 정정당당하게 승부를 가려라."

"스포츠요?"

"그래, 그 녀석 킥복싱에 이종격투기를 하는 녀석이라면서? 옥타곤(팔각형의 링) 위에서 스포츠 규정대로 제대로 싸우면 되잖겠니?"

머리에 불이 켜지는 것 같았다.

"할아버지, 감사합니다. 정말 좋은 생각이에요. 역시 할아버지는 최고의 멘토세요!"

그런 방법이 있었다. 치고받으며 힘자랑하는 대신 상대를 존중하고 규칙을 준수하며 정당하게 겨루는 것이다. 물론 그래도 다칠 수는 있지만 치명적인 부상은 막을 수 있다. 그리고 음지로 숨어들지 않고 양지로 나와 떳떳하게 싸울 수 있어 좋았다.

며칠 뒤 일요일, 청소년센터에서 재석은 친구들을 만나 제 계획을 이야기했다.

"부라퀴 할아버지와 의논하고 마음을 굳혔어. 일구랑 붙을 생각이야. 진흙탕 싸움이 싫어서 스포츠로 정정당당하게 겨루려고 해. 킥복싱이나 이종격투기로."

"어머, 그래도 많이 다치잖아?"

"글러브 끼면 괜찮을 거야."

보담의 얼굴이 파랗게 질렸다.

"할아버지, 너무해. 싸움을 말려야지 왜 싸우라 그러시니?"

"아니야, 할아버지께서 정식으로 스포츠로 겨루라고 조언해 주셨어."

"그래도 나는 싸우는 거 싫어."

향금도 옆에서 말했다.

"싸우지 말고 다른 방법은 없을까?"

그때 향금의 핸드폰이 울렸다.

"향금아, 나 자연이 엄마야."

"어머니, 안녕하세요? 어쩐 일이세요?"

자연이 엄마 아빠는 하니 패거리의 일을 문제 삼고 싶어하지 않아 학폭위는 열리지 않았다. 재석과 친구들이 자연이를 도와주고 자연이 상태도 좋아졌기 때문이다. 덕분에 하니 패거리는 학교에 계속 다닐 수 있게 되었다. 하지만 학교에서는 엄중히 경고하는 의미에서 근신 처분을 내렸고, 더 이상 자연이를 괴롭히지 않겠다는 각서를 받았다.

"그게 말이야, 지금 자연이가 벽에 머리를 박아 대면서 자해를 하는구나. 이를 어쩌니?"

자연이 엄마의 목소리가 가늘게 떨렸다.

"정말이요?"

"대체 갑자기 왜 저러는지 모르겠어."

"저희가 지금 가볼게요."

재석과 민성은 남고 보담과 향금이 자연이네 집으로 갔다.

"야, 정말 자연이 큰일이다."

민성의 얼굴에 근심이 가득했다. 이제 자연이와 인간적인 교감을 나누게 된 민성이었다. 민성은 자신의 철없던 행동이 한 사람을 얼마나 고통스럽게 하는지 확인하는 일이 괴롭기만 했다.

"다 나 때문인 것 같아."

"너 때문은 아니야. 자연이가 왜 그랬는지 일단 들어 본 뒤에 자책해도 늦지 않아."

그때 일구에게서 문자가 왔다.

황재석, 아직도 겁나서 떨고 있나?
난 너를 여전히 기다리고 있다.
비겁하게 숨지 말고 내 도전을 받아라.
내가 지면 자연이 앞에 가서 무릎을 꿇겠다고!
꺾을 자신이 없으면 앞으로
내 앞에서 얼쩡거리지 마라.

"이 자식이 정말!"

민성이 이를 부드득 갈았다.

"근데 재석아, 넌 지금 걔를 이길 수도 없고 질 수도 없
잖아?"

"그러게. 생각 좀 해봐야지."

"일구에 대해 알아보니까 킥복싱 챔피언도 했었대. 무슨 챔
피언인진 모르지만."

"그래?"

"응. 대회 나가서 상도 타고 그랬대. 만만한 애가 아니야."

"그렇구나."

잠시 후 보담에게서 전화가 걸려 왔다.

"재석아, 자연이는 병원에 와서 약 먹고 진정됐어. 지금 링
거 맞고 누워 있으니 걱정 마."

"그래. 근데 갑자기 왜 그런 거래?"

"모르는 번호로 협박 문자가 날아왔대. 많이 놀란 것 같아."

"그래?"

"아무래도 일구 짓일 것 같아."

보담의 짐작대로 일구가 시켰을 확률이 가장 높았다. 재석이 도전을 받아 주지 않으니 이런 식으로 압박하는 것일 터였다. 자연이를 괴롭히면 재석이 도전을 받아들일 것이라 여겼을 것이다.

"아무래도 내가 나서긴 해야 할 것 같다."

재석은 마침내 결심을 하고 일구에게 문자를 보냈다.

> 일구야, 네 소원대로 한판 붙자.
> 내가 이기면 약속대로 너는
> 자연이에게 무릎 꿇고 사과해야 해.
> 내가 지면 네가 원하는 대로 하마.
> 단, 킥복싱이든 이종격투기든
> 옥타곤 위에서 정식으로 붙자.

잠시 후 답이 왔다.

> 오케이. 네가 원하는 대로 해주겠다.

그렇게 하여 대결이 결정되었다.

소문은 순식간에 퍼졌다. 아이들은 재석과 일구가 한판 붙는다는 이야기에 높은 관심과 호응을 보였다. 만나는 애들마다 재석을 붙잡고 물어 댔다.

"너 일구라는 애하고 붙는다며? 걔 킥복싱 학생부 챔피언이었대."

어떤 녀석은 재석이 떡이 되도록 맞는 걸 기대하는 눈초리였지만, 진정으로 재석을 걱정해 주는 아이들도 있었다.

"재석아, 괜찮겠어?"

"스포츠 룰대로 하는데 뭐."

재석은 주변의 관심이 부담스러웠지만 그래도 일구와 관계를 정리할 수 있어 기꺼이 감수하기로 했다. 이제 병조와 관계를 회복하는 일만 남았다.

문예부실에 가니 마침 병조가 혼자 있었다.

"병조야, 할 말이 있다."

대걸레 청소를 하는 병조를 보니 과거 복지관 서예실에서 대걸레질하다가 부라퀴를 만났던 일이 떠올랐다.

"뭔데?"

"나는 한 번도 너보다 내가 글을 잘 쓴다고 생각한 적이 없어. 너는 나에게 항상 글쓰기 선배, 아니 스승 같은 존재였어. 네가 있어서 내가 글을 쓸 수 있었잖아?"

"그게 무슨 상관이야? 글 실력은 재능과 노력에 따라서 앞서가기도 하고 뒤처지기도 하는 거야."

"알아. 아는데……. 어쨌든 이번 교지 건은 유감이다. 병조야, 난 너랑 평생 친구로서 작가로서 함께하고 싶어. 나는 네가 훌륭한 작가가 되길 원해. 그리고 난 아직 너를 따라가려면 멀었어. 우리 섭섭하고 서먹한 건 풀자. 내년 교지에는 네 글이 실릴 수도 있잖아."

재석의 진심이 통했는지 병조가 고개를 끄덕였다.

"재석아, 내가 속 좁게 굴어서 미안하다."

"아니야. 너는 나의 좋은 친구야. 나는 병조 너를 잃고 싶지 않아."

"그래."

둘은 굳세게 악수를 했다. 병조가 문득 물었다.

"너 일구라는 애하고 대결한다며?"

"너도 들었구나."

"응. 스포츠 룰로 한다며?"

"맞아, 싸움은 하고 싶지 않거든. 스포츠 정신으로 정정당당하게 겨뤄서 녀석을 친구로 만들려고 그래."

"친구?"

"응. 적을 친구로 만드는 게 최고의 보복이래."

"멋있다, 너."

병조는 진정으로 멋있다는 듯이 재석의 등을 두드렸다.

"민성이가 우리가 겨루는 장면을 유튜브로 찍겠대. 민성이에게 도움이 되고 다른 친구에게도 도움이 되는 일이니까 내가 좀 나서야지."

"부럽다. 너는 참 좋은 친구들이 많구나. 응원한다."

병조는 재석에게 좋은 친구들이 있고, 다양한 기회와 경험에 맞설 용기가 있다는 사실이 몹시 부러웠다, 진심으로.

결전

시내는 한산했다.

오늘은 6월 6일 현충일이었다. 기념식을 한다고 어른들은 광화문으로 현충원으로 몰려갔지만 재석과 보담, 민성과 향금은 강남의 한산한 거리를 걷고 있었다.

"여기 어디라고 했는데……."

그때 지하철역에서 한 무리의 아이들이 우르르 나와 주변을 두리번거렸다.

"아, 저기 있다. 머슬맨 킥복싱."

"그래, 저기네 저기. 빨리 가보자."

아이들은 으리으리한 건물의 지하로 서둘러 내려갔다.

"와, 만화 보면 권투나 킥복싱 체육관은 허름한 다리 밑에 있거나 판잣집이던데 여기는 초호화 체육관이다."

카메라로 영상을 찍으며 민성이 말했다. 계단을 내려가는데 낯선 아이들이 따라 내려왔다.

"너희는 여기 어떻게 왔어?"

민성이 카메라를 들이대며 아이들에게 인터뷰를 시도했다.

"오늘 재석이가 한판 붙는다며? 그거 구경하러 왔어."

발 없는 말이 천리 간다고, 다른 학교까지 소문이 퍼진 것이었다.

일구가 다니는 체육관은 마침 오늘 쉬는 날이어서 비어 있었다. 관장은 가족들과 해외여행을 갔다고 했다. 일구는 재석에게 자신의 체육관이 쉬는 날 대결을 벌이자고 했다.

"일구가 체육관을 관리하나 보지?"

"관장이 신뢰하는 제자래."

재석이 약속 시간에 맞춰 체육관에 들어서자, 삼삼오오 모여 있던 아이들이 탄성을 질렀다.

"와! 황재석이다. 재석이!"

얼핏 봐도 수십 명의 아이들이 체육관 여기저기에 자리를 잡고 있었다. 열기가 후끈했다.

재석은 내심 당황했다. 조용히 결투를 벌였으면 했는데 생각보다 일이 커진 듯했다.

"애들이 이렇게 많이 오면 곤란한데."

"어쩔 수 없지 뭐. 제 발로 찾아오는 아이들을 쫓아낼까?"

민성이 웃으며 말했다.

"쫓아낸다고 나가겠냐?"

보담과 향금도 당황스럽기는 매한가지였다.

"어머, 애들이 이렇게 많이 왔어? 어쩜 좋아!"

재석이 슬슬 몸을 풀면서 체념하듯 말했다.

"그래, 차라리 잘됐다. 오늘 내가 일구와 겨루는 걸 보면 아이들도 우리가 치고받고 싸우는 게 아니라 정정당당하게 스포츠 시합을 한다는 걸 다 알 거 아냐."

그때 향금의 핸드폰이 진동을 했다. 문자였다.

"어디 가?"

어딘가로 향하는 향금을 보고 민성이 물었다.

"자연이가 왔대."

자연이를 설득하는 일은 쉽지 않았다. 처음에 자연이는 재석이 일구와 대결을 벌인다는 말에 화들짝했다.

"싫어, 싫어. 나 때문에 싸우는 거 싫다고!"

"아니, 너 때문만은 아니야. 일구가 나한테 옛날부터 원한이 쌓여 있었대. 일구의 한을 풀어 줘야지. 그리고 너에게 사과하게 해서 너의 한도 풀어 주고."

"하지만 다칠 수 있잖아? 난 너 다치는 거 싫어. 일구 같은 애 안 봐도 돼. 사과 안 받고 말래."

"넌 집에서 기다려. 보러 오지 않아도 돼. 나 잘 싸울게."

전날 밤 재석은 두려워하는 자연이를 잘 다독여 주고 헤어졌다. 그런데 안 오겠다던 자연이가 마음을 바꾼 모양이었다.

잠시 후 자연이가 후드를 뒤집어쓰고 마스크로 얼굴을 가린 채 보담, 향금과 함께 체육관으로 들어왔다. 민성은 얼른 옥타곤이 제일 잘 보이면서 후미진 곳에 자연을 앉혔다.

"여기 꼼짝 말고 있어. 네가 누군지 아무도 몰라."

"응."

체육관 안에는 구경 온 아이들이 자기들끼리 수군댔다.

"야, 난 일구가 이긴다에 만 원 건다."

"재석이는 실전 싸움의 대가잖아?"

"그래도 격투기 룰로 싸우잖아! 일구는 격투기도 했대."

"야, 싸우다 보면 막싸움이 될 거야. 그럼 재석이를 이길 사람이 없다고. 나도 만 원 건다, 재석이한테!"

아이들은 키득대며 서로 내기를 걸고 있었다.

재석은 체육관 한쪽 구석의 대기실로 들어갔다. 관장실이었다. 일구는 벌써 트렁크팬츠 바람으로 웃통을 벗은 채 몸을 풀고 있었다. 일구 옆에는 세컨드를 봐주는 아이들이 수건을 들고 서 있었다. 몸들이 다부진 걸 보니 일구와 함께 운동하는 아이들이 분명했다.

"왔냐?"

날카로운 눈으로 일구가 쏘아보았다.

"그래. 잘해 보자."

재석의 말에 일구가 이죽거렸다.

"넌 오늘 나한테 죽었다."

"그래, 죽어도 할 수 없지."

재석은 여유로운 표정으로 대꾸했지만 사실은 조금 긴장이 됐다. 벗은 일구의 몸을 보니 하루 이틀에 다져진 근육이 아니었다. 결대로 섬세하게 쪼개진 근육은 오랜 시간 단련된 것이었다. 옛날 영화에 나오는 이소룡의 잔근육이 그랬다. 그런 근육은 빠르고 강해서 타격의 강도가 심하다는 걸 재석도 알고 있었다.

재석은 입고 온 옷을 벗고 운동복으로 갈아입었다. 재석이 옷을 벗자 일구가 움찔했다. 고수가 고수를 알아본다고 재석의 짜임새 있는 근육과 섬세한 몸놀림에 놀란 눈치였다. 특별히 무슨 운동을 했다는 소문은 못 들었는데 그런 몸을 어떻게 갖게 되었는지 일구는 놀랍기만 했다. 그건 평상시 꾸준히 몸을 단련해야만 가능했다.

재석이 한창 스트레칭으로 몸을 푸는데, 관장실을 열고 들어오는 사람이 있었다.

"너희 오늘 정말 제대로 싸우는 거냐?"

봉식이었다.

"어, 형! 안녕하세요?"

둘 다 동시에 인사를 했다.

"그래. 치고받고 연장질 하는 것보다는 낫다. 너네 싸우고 나서 감정 다 푸는 거다. 약속해야만 심판 봐줄 거야."

봉식을 심판으로 부르자는 것은 재석의 아이디어였다. 공정하게 두 사람의 대결을 봐줄 수 있는 사람으로 제격이라고 여겼기 때문이다. 일구도 반대하지 않았다. 일구를 회사에서 내보내고 약간의 미안함을 가지고 있던 봉식도 심판 부탁을 거절하지 않았다.

"자, 글러브 맞는 거 끼고."

재석과 일구는 글러브를 끼고 마우스피스를 입에 물었다. 준비 운동을 충분히 한 뒤라 둘은 온몸에 땀방울이 촉촉하게 맺혀 있었다. 관장실 밖의 옥타곤 부근에는 벌써 아이들의 응원 소리가 요란했다.

"차일구! 차일구!"

"황재석! 황재석!"

체육관이 떠나갈 것만 같았다. 민성은 이 장면을 놓칠세라 열심히 녹화에 전념했다.

"재석아, 경기 시작되면 내가 생방송을 시작할 거야. 예고해 놨거든. 꼭 이겨야 해."

"알았어."

재석은 머릿속이 복잡했다.

드디어 시간이 되었다. 재석과 일구가 옥타곤으로 올라가려 할 때 봉식이 제지했다.

"얘들아, 잠깐. 이거 써라."

"예?"

봉식은 머리에 쓰는 헤드기어를 내밀었다.

"형, 그거 쓰면 답답하고 더운데요?"

일구가 말했다.

"쓰라면 써. 정당한 스포츠 대결이기 때문에 안전이 제일 중요하거든. 마음 같아서는 몸통 보호대까지 하라고 하고 싶었는데, 그건 둘 다 거부할 게 뻔해서……. 아무튼 머리와 얼굴은 확실히 보호해야 한다."

결국 헤드기어와 마우스피스를 하고 두 아이는 옥타곤 위에 올랐다. 열화와 같은 응원 소리가 더욱 높아졌다.

아이들 사이에서 자연이를 때렸던 수경여고 패거리가 얼핏 눈에 띄었다. 당연히 일구를 응원하고 있었다. 자연이는 어떻게 하고 있나 보았더니, 보담과 향금이 틈에서 후드티 모자로 얼굴을 가린 채 눈을 빛내며 재석을 바라보고 있었다.

긴장된 순간에 민성이 스트리밍을 시작했다.

"민성TV를 사랑하는 여러분, 안녕하십니까? 오늘 저의 친구 황재석 군과 그의 라이벌 차일구 군이 이종격투기 3라운드 대결을 벌입니다. 오늘 승자는 패자에게 사과를 받기로 되어 있습니다. 두 사람은 초등학교 시절 한판 붙은 적이 있었다고 합니다. 오늘 차일구 군이 지난날의 패배를 설욕할지, 아니면 황재석 군이 자신의 우위를 확고히 할지 자못 기대가 됩니다."

오프닝멘트를 한 뒤 민성은 거치대에 카메라를 얹었다. 여기저기에서 아이들이 동영상을 찍고 있는 것이 보였다. 재석의 격투기 대결은 이렇게 전국적으로 퍼져 나가고 있었다.

"자, 3분 3라운드, UFC 규칙이야. 공 울리겠어."

격투기 초기에는 옥타곤 위의 룰이 단순했다. 물어뜯는 것과 눈 찌르는 것, 낭심 공격만 금지되어 있었으며 라운드 제

한이 없었다. 하지만 요즘은 안전을 위해 규칙이 많이 개선되었다.

공이 울리자 봉식이 링 가운데서 외쳤다.

"박스!"

외치자마자 차일구의 선제공격이 들어왔다. 레프트훅이었다. 재석은 가볍게 피했다. 글러브 낀 주먹이었지만 속도와 위력이 대단했다. 코앞에서 서늘한 바람이 휙 지나갔다. 재석은 큰 키를 이용해 로킥을 몇 방 날렸지만 일구는 맞고도 끄떡없었다. 다리가 놀랍도록 탄탄했다.

'만만치가 않군.'

탐색전을 벌이고 있는데 일구가 와락 달려들어 재석의 뒷덜미를 잡으려고 했다. 잡히는 순간 니킥이 올라올 게 뻔했다. 제대로 맞으면 아무리 헤드기어를 썼어도 충격이 클 터였다. 실전 경험이 풍부한 재석이 그런 어설픈 시도에 당할 리가 없었다.

재석은 목덜미를 잡히지 않도록 재빨리 고개를 숙이면서 그대로 옆구리를 걷어찼다. 충격이 컸을 테지만 일구 녀석은 내색하지 않고 다시 달려들어 재석에게 스트레이트를 몇 방 날렸다. 헤드기어 위로 맞았지만 힘이 어찌나 센지 머리가 띵할 정도였다. 재석도 얼른 원투 스트레이트로 반격에 나섰다.

극렬한 난타전이 시작되었다. 발보다는 주먹이 빨랐다. 둘 다 스트레이트, 훅, 어퍼컷을 마구 휘둘렀다. 보고 있던 아이들이 모두 탄성을 질렀다.

"우와! 대단하다!"

"차일구! 차일구!"

"황재석! 황재석!"

숨죽인 채 눈을 질끈 감는 아이들도 있었다.

"어머, 어떡해! 어떡해."

자연이는 둘이 싸우는 장면을 차마 볼 수가 없었다. 재석이 일구를 이겨 자신에게 사과시키려 한다는 사정은 알고 있었다. 그러나 그것 때문에 재석이 이렇게 싸우는 모습을 보는 건 자연이로서는 고문에 가까웠다.

자연이보다 더욱 괴로운 사람은 보담이었다. 보담은 터질 것 같은 눈물을 가까스로 참고 있었다. 두 손을 꼭 쥐고 기도하듯 재석의 경기를 지켜보는 보담을 보며 자연이는 몸 둘 바를 몰랐다.

"보담아, 미안해. 나 때문에……."

"아니야. 난 재석이를 믿어. 재석이는 꼭 잘해 낼 거야."

"나 일구 사과 안 받아도 돼. 이제 그만하라고 해. 더는 못 보겠어."

"재석이는 우리 말을 듣지 않아. 그리고 이미 시작했잖아."

"중지시켜. 방법이 있을 거 아냐?"

옆에 있던 민성이 말했다.

"타월을 던지면 항복한다는 뜻이고, 경기를 중단해."

"그럼 빨리 던져!"

"지금 타월을 던지면, 나는 재석이한테 평생 원망을 들을 거야. 재석이 인생에 포기는 없거든. 항복은 5무 위반이야."

"그게 무슨 말이야?"

"부라퀴 할아버지가 알려 주신 명언이 있어. 이 세상에 없는 게 다섯 가지인데 공짜가 없고, 불가능이 없고, 포기가 없고, 쉬운 일이 없고, 쓸모없는 사람이 없대. 그 말을 재석이는 가슴 깊이 새기고 있다구. 포기할 리 없어."

"저렇게 3라운드를 뛰어야 된단 말이야?"

"걱정하지 마. 헤드기어를 썼으니까 크게 안 다칠 거야."

난타전은 계속되고 있었다. 잠시 후 뒤엉킨 두 아이를 봉식이 멈춰 세웠다.

"스톱! 그만 떨어져!"

봉식은 두 아이 얼굴과 눈빛을 살폈다. 둘 다 얼굴이 붉게 달아올랐지만 상처는 없었고 눈빛이 번득였다. 봉식의 관심은 오로지 두 아이가 다치지 않고 경기를 끝내는 데 있었다.

사실 봉식은 재석에게 심판을 부탁받았을 때 재석의 엄마에게 전화를 걸었다.

"어머니, 재석이가 친구 녀석과 권투 시합을 하겠다는데 어떻게 하죠? 저보고 심판을 봐달라고 하네요."

재석의 엄마가 놀랄까 봐 봉식은 격투기 대신 권투라고 둘러댔다. 하지만 별다른 효과는 없었다.

"권투? 그 위험한 걸? 이를 어째. 재석이가 말을 안 해서 나는 전혀 몰랐네. 다칠 텐데 어떻게 해?"

"어머니, 걱정 마세요. 제가 잘 살필게요. 다치지 않도록 잘 보호하구요. 뒷골목에서 아이들과 쌈박질하는 것보다야 스포츠 시합이 백배 낫죠. 너무 걱정하지 마시고 절 믿으세요."

말린다고 말 들을 아들이 아닌 걸 재석이 엄마는 잘 알았다. 체육관에서 정식으로 붙는다니 그나마 안심이었다.

"다치지만 않게 잘 부탁해, 봉식이 총각."

"네, 어머니. 책임지고 안전하게 하겠습니다."

그래서 헤드기어와 마우스피스를 생각해 낸 거였다.

"박스!"

둘은 다시 붙었다. 조금 전 난타전에서 체력을 소모해서인지 주먹에 힘이 빠졌다.

재석은 큰 키를 이용하여 바깥으로 돌면서 기회를 노렸다. 탱크처럼 달려오는 일구를 피하며 공격을 밀어냈다. 툭툭 로킥을 던져 주는 사이 그대로 3분 1라운드가 끝났다.

땡 소리와 함께 민성은 재빨리 옥타곤에 올라가 재석의 헤드기어를 벗겼다. 능숙하게 물을 먹여 주고 땀을 닦아 주었다. 이종격투기 경기에서 많이 보아 그 정도는 알았다.

"재석아, 괜찮냐?"

재석이 거친 숨을 몰아쉬며 민성에게 대답했다.

"응, 괜찮아. 녀석 펀치가 얼마나 매운지 몇 대 맞으니까 휘청거리네."

"나도 봤어. 대단하더라. 그런데 이게 더 대박이야!"

"뭐가?"

"조회 수가 엄청나!"

"뭐? 야, 이 자식아. 친구는 죽도록 싸우고 있는데 넌 조회 수만 신경 쓰냐?"

"내가 스트리밍 한 이래로 이렇게 조회 수가 높은 건 처음이야. 오천 명이 넘게 보고 있어."

"오, 오천 명?"

"그래. 재석이 넌 스타야, 스타!"

쉴 새 없이 떠들면서도 민성은 열심히 땀을 닦아 주고 얼굴이 찢어질까 봐 바셀린까지 발라 주었다.

"에이, 끈적거리는데."

"발라, 발라! 주먹이 들어오면 미끄러져 나간단 말이지. 내가 가슴이랑 어깨도 발라 줄게."

민성은 재석의 몸에 번들번들하게 바셀린을 발라 주었다. 역시 사람은 본 게 있어야 했다.

2라운드가 시작되었다.

재석은 다시 몸을 일으켜 활화산처럼 뛰쳐나갔다. 2라운드 역시 난타전이 벌어졌다. 체력이 떨어지고 숨이 거칠어졌다. 재석이 보기에 3라운드가 돼야 승부가 날 것이었다. 헤드기어를 쓰고 있어 KO는 바라기 힘들었다.

일구는 적잖게 당황하고 있었다. 재석은 체력이 워낙에 좋고 운동신경도 발달해 있었다. 격투기는 해본 적도 없다는 녀석이 마치 몇 년간 격투기 수련을 한 아이 같았다. 주먹이 날카롭지는 않았지만 큰 키에서 나오는 펀치가 강해서 맞으면 아찔했다. 일구는 재석을 쉽게 이기지 못하리라는 것을 직감했다. 속에서 열이 솟구쳤다. 2라운드 중반부터 일구는 심리전에 들어갔다.

"황재석 이 개새끼!"

마우스피스를 문 입으로 욕을 퍼부었다. 이를 들은 봉식이 말렸다.

"일구, 욕은 하지 마라. 신사적으로 해야지."

"네."

재석은 일구가 욕설 대신 눈빛으로 욕을 퍼붓는 것을 느꼈다. 어렸을 때 얻어맞은 것이 일구에게 얼마나 큰 상처였는지 새삼 깨달았다. 자연이를 위해서는 이겨야만 했지만, 그러자니 일구 마음에 더 큰 울분이 응어리질까 걱정되었다. 그건 결코 좋은 일이 아니었다.

'자업자득이다. 철없을 때 저지른 잘못이 지금 나를 옭아매고 있잖아. 결국 내가 풀어야 할 숙제야.'

둘은 다시금 난타전을 벌이다 떨어졌다. 재석은 물러나면서 잠시 휘청했다. 난타전의 여파였다.

일구는 기회를 놓치지 않고 쫓아 들어갔다. 재석의 목덜미를 잡고 아까부터 벼르던 니킥을 날렸다. 퍽 소리와 함께 재석의 고개가 젖혀졌다. 뒤로 벌렁 나가떨어지는 재석을 보자 일구를 응원하는 아이들이 함성을 터뜨렸다.

"와아아! 다운, 다운!"

재석은 비틀대며 일어났다. 봉식이 카운트를 셌다.

"원, 투, 스리, 포!"

가까스로 일어난 재석은 또 싸울 수 있다고 고개를 끄덕였다.

"괜찮겠냐?"

봉식이 물었다.

"네, 괜찮아요."

니킥은 다행히 가드 위로 올라온 것이었다. 머리는 띵했지만 비켜 맞아서 계속 싸울 수는 있었다. 일구가 또다시 목덜미를 잡고 니킥을 올릴 것이 뻔했다. 재석은 목덜미를 잡는 순간 비는 일구의 양쪽 옆구리를 노리기로 했다. 아니나 다를까, 일구가 번개처럼 재석의 목덜미를 잡아챘다.

'이때다!'

재석은 오른 주먹을 뒤로 살짝 뺐다가 다시 뻗으며 일구의 옆구리에 훅을 날렸다. 왕 자가 새겨진 일구의 근육들이 출렁거리며 일그러졌다. 재석의 오른팔에도 충격이 전해져 왔다. 재석을 잡아당기려던 손이 풀렸다. 재석은 휘청거리는 일구를 쫓아가 철망에 밀어붙인 뒤, 양손 스트레이트를 연거푸 날렸다. 하지만 헤드기어에 가로막힌 펀치는 위력이 약할 수밖에 없었다. 그렇다면 옆구리와 몸통 공격만 유효했다. 몸통을 집중적으로 공격하자 일구가 가드를 내려 배와 허리를 가리면서 옆으로 빠져나가려 했다. 재석은 다시 한 번 발을 뻗어 로킥을 날렸다. 일구가 로킥을 맞고 휘청거리며 주저앉았다.

얼른 녀석을 올라타서 두들겨 패면 게임 끝이었다.

재석은 쫓아가려다 말고 멈췄다. 그렇게 되면 일구는 더욱 앙심을 품을 것이었다. 마음의 상처를 덧나게 할 수는 없었다.

멈칫하는 사이에 일구가 휘청거리며 일어났고, 봉식이가 얼른 다가갔다.

"잠깐, 일구야! 괜찮겠냐?"

"씨발! 괜찮아요."

"욕은 하지 마라!"

"네."

"다시 박스!"

순간 종이 울렸다.

"땡!"

이번에는 재석을 응원하는 소리가 더욱 높아졌다.

"황재석! 황재석!"

민성이 얼른 링 위로 올라와 재석의 헤드기어를 벗겼다.

"야, 아쉽다. 끝낼 수 있었는데. 얼굴 안 다쳤냐?"

"괜찮아. 네가 발라 준 바셀린이 효과가 있었어. 니킥이 미끄러졌다."

"거봐! 너는 이 코치님의 말씀을 잘 들어야 돼! 이번엔 더 듬뿍 발라 줄게."

민성은 바셀린을 덕지덕지 발랐다. 그러자 일구 쪽에서 항의가 들려왔다.

"재석이 바셀린 너무 많이 바르잖아요!"

봉식이 다가와 물었다.

"재석아, 바셀린 바르기로 약속했니?"

"아니요. 근데 권투 선수들 다 바르던데요."

"저쪽에서 항의하는데?"

"지들도 바르라 그러세요."

재석이 바셀린 통을 내밀었다. 그러자 일구 옆에 있던 녀석이 잽싸게 받아다 일구의 몸에 처덕처덕 발라 댔다.

"자식들 말이야, 준비도 없이 와서는. 재석아, 이것 봐! 조회수가 만 명을 넘었어. 완전 대박! 으아아아!"

"야야, 알았어, 알았어. 나 시원하게 등에 물 좀 끼얹어 줘."

"그래그래."

생수를 등에 부어 준 뒤 민성은 큰 수건으로 바람을 일으켜 주었다.

"야, 3분만 버텨. 그러면 이길 수 있어. 일구 저 자식 체력이 다 떨어졌다구."

"알았어."

자연과 보담, 향금은 얼굴 가린 손을 떼지 못하면서도 경기가 궁금해서 차마 체육관을 떠나지 못하고 있었다. 체육관은 구경하러 온 아이들로 문밖까지 인산인해를 이루고 있었다.

"3라운드, 마지막 라운드다. 박스!"

봉식이 박스를 선언했다.

공이 울리자 일구가 미친 듯이 달려들었다. 작전을 바꿨는지 재석의 빠른 발차기를 꺾으려고 로킥과 니킥을 마구 날렸다. 현란한 발재주였다.

재석은 몇 번 로킥을 맞자 다리가 휘청거렸다. 통증이 전율처럼 덮쳤다. 휘청거리는 재석을 보고 이번에는 스트레이트가 날아왔다. 정신없이 맞으며 재석은 철망으로 밀려났다. 가드를 올리자 이번에는 옆구리로 주먹이 사정없이 날아왔다. 3라운드에서 기필코 승부를 내려는 듯했다.

최선의 방어는 공격이었다. 재석도 라이트훅 레프트훅을 날리며 가까스로 일구의 공격에서 빠져나왔다. 정신없는 와중에도 응원하는 사람들 속에서 친구들의 목소리를 알아들었다.

"재석아, 힘내라! 재석아!"

"재석아, 힘내!"

보담과 향금과 자연이가 목소리 높여 응원하고 있었다.

다시 재석은 혼란에 빠졌다. 일구에게 사과를 시키려면 이

겨야만 했다. 하지만 일구의 응어리를 풀어 주려면 져야 했
다. 잠시 고민하는 사이 헤드기어 사이를 뚫고 일구의 주먹이
정면으로 날아왔다. 눈앞에서 번쩍 불꽃이 튀더니 그대로 캄
캄해졌다. 등 뒤의 철망이 받쳐 주었지만 연이어 날아오는 주
먹에 재석은 모로 쓰러졌다. 다운이었다.

"원, 투, 스리, 포, 파이브, 식스!"

일어나려 했지만 온몸이 휘청거렸다. 시합 중에 딴생각은
금물인데 집중하지 못한 탓이었다.

"에이트, 나인, 텐!"

텐을 외침과 동시에 재석은 철망을 붙잡고 일어섰다. 하지
만 봉식이 고개를 저으며 저지했다.

"게임 오버! 끝났어!"

"와아아아!"

일구 쪽의 아이들은 체육관이 떠내려가도록 함성을 질렀
다. 아이들이 옥타곤 위로 뛰어올라 와 일구를 들쳐 업고 승
리를 외쳐 댔다.

민성이 달려왔다. 재석은 민성이 올라오자 말했다.

"괜찮아, 잠깐 정신을 잃었어."

"병원에 안 가도 되겠어?"

재석은 고개만 끄덕해 보였다. 보담이도 달려와 눈물을 주

룩주룩 흘리며 물었다.

"재석아, 괜찮아?"

자연이도 향금이도 울고 있었다.

"어떡해? 재석아!"

울음바다가 된 보담, 향금, 자연을 보며 민성이 말했다.

"야야야, 너희 이 정도 가지고 뭘 그래? 피도 안 났구만. 재석이는 싸우면 부러지고 피나는 건 일도 아니라구."

"야! 넌 친구가 다쳤는데 어떻게 그렇게 잔인한 말을 할 수가 있어?"

향금이 젖은 눈으로 눈을 흘겼다.

경기장에 있던 아이들이 썰물처럼 체육관을 빠져나갔다. 봉식이 다 쫓아냈기 때문이다.

"자, 다 끝났다. 이제 빨리 가라, 너희."

체육관에는 일구와 재석이, 그리고 가까운 친구들 몇 명만 남았다. 승부를 건 싸움이었고, 승리는 일구의 것이었다. 재석은 일구에게 다가가 손을 내밀었다.

"축하한다. 내가 졌다."

일구는 재석이 내미는 손을 툭 치고는 샤워실로 들어가 버렸다. 아이들이 재석을 둘러싸고 걱정의 말들을 쏟아냈다.

"재석아, 병원에 가자."

"그래, 병원부터 가자."

재석은 고개를 저었다.

"괜찮아, 약 바르면 돼."

봉식이 재석에게 다가왔다.

"어디 아픈 데는 없어?"

"순간 정신을 잃었을 뿐이에요. 괜찮아요."

"제대로 맞으면 그렇게 잠깐 정신을 잃지. 그게 스탠딩다운
이다. 그래도 혹시 모르니까 병원에 한번 가봐."

"알았어요, 형. 고마워요. 오늘 이렇게 심판도 봐주고."

"아니야. 크게 다치지 않았으니까 됐다. 멍든 데는 약국에
서 멍 풀리는 약 사서 발라."

"예, 알았어요."

재석은 샤워를 한 뒤 옷을 갈아입고 아이들과 함께 체육관
을 빠져나갔다.

"자연아, 미안해. 내가 일구를 꺾어서 너에게 사과시키려고
했는데…… 최선을 다했지만 안 됐어."

"괜찮아, 괜찮아. 재석아, 내가 뭐라고 네가 이렇게까지
하니?"

눈물을 흘리는 자연이의 등을 향금이 쓰다듬어 주었다.

"애들아, 오늘은 내가 치킨 쏠게. 나 용돈 가지고 왔어."

"뭐라고?"

"나, 너희한테 뭐라도 보답하고 싶어."

자연이는 두툼한 지갑을 보이며 어색한 목소리로 말했다. 누군가에게 보답해야겠다는 생각을 해보기는 처음이었다. 이렇게 되기까지는 그동안 아픈 상처만 끌어안고 있느라 상처를 돌보고 치유하는 데 적극적이지 못했다는 깨달음이 있었다. 자연이는 이제 친구들이 다가오기만 기다리지 않고 먼저 다가가리라 굳게 마음먹었다.

"오우, 정말?"

"신 난다! 나는 양념 반 프라이드 반!"

"1인 1닭인 거야?"

아이들은 왁자지껄하게 웃으며 계단을 올라갔다. 하지만 등 뒤에서 누군가가 지켜보고 있다는 건 아무도 알지 못했다.

대 각성

재석은 야자를 마치고 집으로 향했다. 민성TV는 지난 현충일의 스트리밍 방송 이후로 구독자 수가 순식간에 오천 명이 넘어갔다. '재석과 일구의 한판승'이 큰 반향을 일으킨 거였다. 이제는 길을 가면 초중생까지도 재석을 알아보았다.

"어, 재석이 형, 사인 좀 해주세요."

"뭐? 너희 나 알아?"

"일구 형이랑 붙은 거 봤어요. 짱 멋있어요, 형."

"그래?"

얼떨결에 유튜브 스타가 된 기분이었다. 그날 학교에서는 병조가 찾아왔었다.

"재석아, 그동안 미안했다."

"뭐?"

"나는 널 볼 낯이 없다."

"그게 무슨 말이야?"

"네 글을 읽으니, 왜 교지에 실렸는지 알겠더라. 나는 머리로 글을 썼지만 너는 마음으로 쓴 게 느껴졌어. 그리고 네가 친구를 위해서 원치 않는 시합도 나가고, 싸우지 않아도 되는데 싸우고……. 나는 너의 진정성을 이길 수가 없어. 옹졸하고 속 좁게 너를 대했던 걸 용서해라."

병조도 그날 시합을 보러 왔던 것이다.

"아니야. 넌 나의 영원한 글쓰기 스승이야. 앞으로도 많이 도와줘."

"스승은 무슨 스승. 같잖게 내가 폼 잡은 거야. 재석아, 우리 계속 선의의 경쟁자가 되면 좋겠어."

"당연하지. 너랑 나랑은 친구 아니냐? 네 덕에 내가 글도 쓰게 되었잖아."

"고맙다, 재석아, 그렇게 생각해 줘서."

병조는 재석에게 진심으로 사과했다.

"그리고 내년 문예부장은 재석이 네가 했으면 좋겠다."

"야, 무슨 소리야? 내가 무슨 문예부장이야? 병조 네가 문예부장감이지. 우리 2학년들은 다 네가 문예부장 되는지 알고 있어. 쓸데없는 소리 하지 마. 너의 글이 얼마나 깊이가 있는지 나도 다 알아."

"아니야. 글과 삶은 분리되면 안 돼. 너는 정말 글과 삶이 하나야. 네가 옳다고 믿는 대로 행동하잖아. 나에게 부족한 점이 바로 그거야."

그 말에는 재석도 할 말이 있었다.

"병조야, 그러면 작가가 세상 모든 일에 나서야 하냐? 실천해야만 글을 쓰는 거야? 내가 맞는 것도 아니고 네가 틀린 것도 아니야. 너는 나 같은 행동파를 보고 좋은 글감으로 삼으면 되잖아."

"역시 너는 나보다 낫다. 내가 속 좁은 놈이었어."

"아니야. 고맙다, 병조야."

"내가 고맙지."

두 아이는 악수를 하고 남자답게 포옹을 했다. 어색했지만 우정 어린 포옹이었다.

"그리고 이건 재석아, 내가 사과의 뜻으로 가져온 선물이야. 받아 줘."

"뭔데?"

"내가 글 쓴다고 우리 삼촌이 주신 거야."

병조가 내미는 네모난 상자를 여니 최고급 독일제 볼펜이 들어 있었다.

"야, 이런 걸 내가 왜 받아? 안 받아. 아니 못 받아."

"받아 줘, 재석아. 속 좁은 놈이 어리석게 군 게 부끄러워서 주는 사죄의 선물이야. 제발 받아 줘. 이걸로 좋은 글 써라."

볼펜을 놓고 병조는 도망치듯 가버렸다.

"녀석, 이런 거 안 줘도 되는데."

볼펜 끄트머리에 새겨져 있는 하얀색 별이 멋졌다. 재석은 볼펜이 마음에 들었다. 들고만 있어도 좋은 글이 술술 나올 것만 같았다.

"자식, 고맙네."

볼펜을 도로 상자에 넣으려는데 안에 조그만 쪽지가 보였다.

재석아,
나는 네가 친구를 위해 결투를 하고 복잡한 상황에서 일부러 져 주는 거 봤어.
그것이야말로 진정한 용기라고 생각한다.
용기 있는 작가가 되는 게 꿈이었는데 너에게서 많이 배웠다.

병조가

재석은 흠칫 놀랐다. 아무도 자신이 일구에게 일부러 져줬다는 사실을 알지 못했는데 병조는 눈치 챈 모양이었다.

"자식, 글 쓰는 놈 아니랄까 봐 날카롭군."

재석은 낮에 있었던 일을 생각하며 골목길로 들어섰다. 저만치 앞에 한 무리의 그림자가 보였다. 누군가 자신을 기다리고 있음을 직감했다.

"누구냐?"

어둠 속에서 모습을 드러낸 건 일구와 일당들이었다.

"아직도 나와 할 얘기가 있냐? 아니면 더 두들겨 패고 싶은 거야?"

재석이 물었다. 경계심은 없었다. 남자답게 정식으로 겨뤄 이긴 터라 다시 공격하러 올 이유가 없다는 걸 재석은 잘 알았다. 일구 옆에 선 패거리 중에서 하니가 보였다.

"너희가 어벤져스구나."

어벤져스의 실체를 처음으로 보았다. 일구가 말했다.

"재석이 너한테 물어보고 싶은 게 있어서 왔다."

"뭔데? 빨리 말해라. 나 배고프다."

"왜 져줬냐?"

"뭐?"

"일부러 져줬잖아, 이 새끼야!"

"누가 그래? 진짜로 진 거야, 너한테."

"거짓말 마라! 네가 시치미 떼도 나는 알아."

"미친놈! 이기고도 지랄이네."

"더 싸우면 이길 수 있었는데 왜 그랬어? 내가 우스워? 나쁜 새끼, 어려서는 날 두들겨 패더니 이번에는 애들 보는 앞에서 망신을 줘? 운동하는 애들은 다 알아, 네가 져줬다는 거. 내가 얼마나 쪽팔렸는지 알아? 왜 그런 거야? 왜? 왜?"

어두운 밤 골목에 일구의 절규가 퍼져 나갔다. 어벤져스 패거리들은 여차하면 벌떼같이 덤벼들 기세였다. 어쩔 수 없이 재석은 속마음을 말해야 했다.

"야, 너 나한테 원한 있다며? 원한은 풀어야지. 너한테 싸워서 이기면 뭐 하나? 내가 UFC 선수가 되냐, 아니면 UFC 챔피언이 되냐? 어려서 철없던 시절에 했던 잘못을 지금이라도 보상할 수 있으면 해야지. 아쉬우면 내가 다시 한 번 사과할게. 어려서 오락실 앞에서 너 때린 거 진짜 미안하다."

잘못을 허심탄회하게 인정하고 나니 일구에 대한 미움도 미안함도 다 사라졌다. 일구라는 굴레에서 벗어나 자유로워진 기분이었다. 완벽하게 타인을 바라보는 느낌이 이럴까.

"생각해 보니, 너 매니저 되겠다고 봉식이 형 따라다니는데 내가 괜히 초 친 것 같아 미안하다. 내가 봉식이 형한테 다시 잘 말할게. 너 다시 매니저 일 해라."

"이 새끼야, 네가 하란다고 하고 하지 말란다고 안 할 줄 아냐? 그건 됐고, 쪽팔리게 왜 나한테 져줬냐고?"

"미친놈, 어이가 없네. 다 말했잖아. 이기고도 난리니 어쩌라고? 또 붙어? 여기서?"

그러자 일구가 떨리는 목소리로 절규했다.

"왜 넌 다 가진 거야, 이 새끼야!"

"뭘 다 가져, 인마?"

그날 일구는 이기고도 착잡했다. 걱정해 주는 친구들에게 둘러싸여 계단을 올라가는 재석이를 보는데 왠지 가슴이 미어졌다. 고개를 돌려 자기 친구들을 봤더니 내기에서 이겼다느니, 돈을 얼마 땄다느니 하면서 온통 돈 얘기뿐이었다. 일구를 걱정하고 살펴 주는 친구는 아무도 없었다. 재석의 친구들과는 너무나 달랐다. 일구는 이겼다고 축하해 주는 친구들이 가증스러워 보였다.

재석은 문득 일구의 표정에 드리워진 그늘을 보았다.

"야, 일구야?"

방금 전 일구의 말뜻이 무엇인지 재석은 깨달았다.

"너하고 나하고 차이가 뭔지 아냐? 너는 인마, 진짜 친구가 없고 나는 진짜 친구가 있다는 거야."

그 말에 일구가 발끈했다.

"내가 왜 친구가 없어? 여기 있는 우리 어벤져스가 다 내 친구인데."

"쟤네가 친구라고? 아니지, 어울려 다니는 패거리지."

어벤져스 애들이 험상궂게 눈을 번뜩였다.

"재석이 너 이 새끼! 죽을래?"

주먹을 들어 올리는 어벤져스 아이들을 일구가 말렸다.

"애들이 내 친구 아니라구?"

"그래, 쟤들이 무슨 네 친구냐? 지금도 아마 너를 까고 언제든지 어벤져스 짱이 되고 싶어 미칠걸? 저 눈빛들 봐. 맞짱 떠서 널 못 이기니까 지금 밑에 붙어 있을 뿐이야. 하지만 내 친구들은 아니다. 나는 너보다 간지 나게 살고 있어, 인마."

"뭐라고? 간지?"

후줄근한 차림의 재석이 간지 운운하자 여자애들이 키득거렸다.

"그지 같은 게!"

옷차림은 오히려 일구가 더 번지르르했다. 쫙 달라붙는 명품 트레이닝 바지에 최신 유행하는 후드티를 걸쳐 입고 있었던 것이다.

"야, 인생의 간지는 명품이 아니라 진짜 좋은 친구가 있는 거야. 가라, 나는 그만 집에 가야 되겠다."

재석은 터덜터덜 집으로 발길을 돌렸다. 어벤져스 아이들은 재석의 팩트 폭격에 얼굴만 일그러뜨릴 뿐이었다.

재석은 아무도 없는 집에서 엄마가 해놓은 반찬을 꺼내 먹으며 '진정한 친구'에 대해 생각했다.

'그래, 내가 부자지. 좋은 친구들이 많잖아.'

재석은 전에 쓰다 만 친구에 대한 글이 생각났다. 이제는 다시 잘 쓸 수 있을 것 같았다. 서둘러 노트북을 켜서 전에 쓰던 글을 열었다. 그리고 시합 때를 돌이켜 보며 자판을 두드리기 시작했다.

현충일의 시합이 끝난 뒤 치킨 집에서 재석은 입에서 피가 멈추지 않아 계속 휴지를 물고 있었다. 붉게 젖은 휴지를 바꿔 물 때마다 자연이는 다시 또 훌쩍였다.

"재석아, 어떡해! 어떡해. 나 땜에!"

"상처는 금세 나아. 걱정 마."

자연이는 통곡을 했다.

"얘들아, 정말 고마워! 지금까지 나를 위해서 이렇게 애써

준 사람은 아무도 없었어.”

자연은 가슴을 억누르고 있던 먹구름이 걷히고 마음의 얼음이 녹는 기분이었다. 마음속 상처와 트라우마가 빠르게 아물어 가는 게 느껴졌다.

“일구가 너에게 사과하도록 만들려고 했는데……. 미안해.”

“아니야, 사과 필요 없어. 재석아, 나 이제 일구 안 미워해. 나 때리고 괴롭혔던 아이들 아무도 원망하지 않을래. 이제는 내 곁에 있는 소중한 사람들만 볼 거야.”

“그래그래, 좋은 생각이야.”

향금과 보담이 박수를 치며 좋아했다.

“앞으로 너희한테 잘할게. 그리고 엄마 아빠한테도 잘하고, 학교생활도 열심히 할 거야. 내 옆의 친구들이 소중하다는 걸 알았어.”

그날로 자연은 자신의 SNS 계정을 모두 폐쇄했다. SNS에서 넋두리를 늘어놓으니 그 시간에 친구들과 마음 터놓고 이야기하기로 한 거였다. 그리고 보담과 향금이 공부하러 가는 청소년센터에 같이 다니기로 하고, 학교 에어로빅 동아리에도 가입했다. 자신도 뭔가 할 수 있다는 걸 보여 주기 위해 다이어트를 목표로 정했다. 뿐만 아니라 상담도 제대로 받기로 했다.

며칠 뒤 아이들은 다 같이 영화를 보러 가기로 했다. 메가몰 햄버거 가게에 모여 있을 때 민성이 스마트폰을 보며 외쳤다.

"야, 브랜뉴의 화란 뉴스가 올라왔어."

"뭐라고?"

아이들은 각자 제 스마트폰으로 화란을 검색했다.

학창 시절의 학교 폭력으로 그룹 활동을 중단했던 브랜뉴의 화란이 탈퇴를 결정했다. 브랜뉴는 화란을 제외한 나머지 다섯 명의 멤버로 활동을 재개한다. 15일 소속사 관계자는 화란이 학교 폭력 피해자를 만나 진심 어린 사과를 했으며 모든 정신적 물질적 피해 보상을 약속했다고 전했다.

화란은 피해자와 원만히 화해해 활동에는 지장이 없게 되었다. 그러나 사건 당사자인 화란은 자숙의 의미로 그룹 활동에서 빠지기로 결정하였다. 자신으로 인해 그룹에게 더 이상 피해를 줄 수는 없다는 이유였다.

"아, 화해는 했지만 가수 활동은 접나 봐."

향금이 아쉬운 듯 말했다.

"화란이 누나 좋아했는데."

민성도 씁쓸해 했다. 그러자 보담이 말했다.

"가수 활동은 안 해도 다른 걸 할 거야. 안무 지도라든가 작사나 작곡, 아니면 의상 디자인이나 무대 연출 같은 거."

"맞아. 다른 연예인들도 관련된 직업으로 자리를 옮기고 그러더라구."

재석은 그래도 다행이다 싶었다. 이번 사건으로 걱정이 많던 봉식이 생각났기 때문이다.

"자, 이제 영화 보러 가자."

아이들이 자리를 털고 일어나 영화관 앞으로 갔을 때 영화를 보고 나오는 태수를 만났다.

"어, 형. 자주 보네요."

재석의 말에 태수가 대답했다.

"나 여기 아파트 살아."

"아, 그렇구나."

이번에는 옆에 있는 여자 친구가 바뀌어 있었다. 뒤에서 이를 본 민성이 향금에게 속삭였다.

"어? 저 형, 여자 친구 또 바뀌었다."

전에는 대학생 분위기의 성숙한 여자였는데 이번에는 앳된 고등학생이었다.

"순 바람둥이 날라리 아냐?"

"그래도 멋있잖아."

아이들이 수군대는 것도 모르고 태수가 재석에게 말했다.

"황재석, 다음 문예부장은 네가 해야지?"

"아니에요, 저희는 병조 뽑기로 했어요. 2학년끼리 결정했어요. 우리가 3학년 되면 문예부장은 병조가 맡기로."

"그랬구나. 병조가 하는 것도 괜찮지."

"맞아요. 형, 고마워요. 신경 써주셔서요."

"아니야."

"참, 형은 어떻게 되셨어요?"

"뭐가?"

"대학교요."

"나 센텀대학교 문예창작과에 수시 합격했어."

"와! 축하해요, 형!"

"고맙다. 앞으로 문예부 잘 부탁한다."

"예."

태수가 떠나자 옆에서 민성이가 아쉬운 듯 물었다.

"야, 문예부장 병조가 하기로 했어? 너 아니구?"

"병조가 해야지. 명실상부한 문예부 터줏대감인데!"

영화를 보고 나오는데 영화관 앞에서 다부진 몸매의 남학생이 보였다. 일구였다.

"어!"

아이들은 바짝 긴장했다. 더 이상 일구를 볼 일은 없다고 생각했기 때문이다. 일구는 교복 차림이었다.

일구가 재석을 보고 다가왔다.

"얘들아."

"뭐, 뭐냐?"

일구는 재석의 일행을 쓱 보더니 자연이와 눈을 마주쳤다.

"네가 자연이구나. 자연아, 오랜만이다."

자연이는 순간 당황해서 몸이 얼어붙었다. 일구가 갑자기 자기 앞에 나타난 것이 이상하고 불안했기 때문이다.

"재석이 문자 받고 나 생각 많이 했다."

'재석이 문자'라는 말에 아이들은 모두 재석을 바라봤다. 격투기 승부는 이미 갈렸는데 무슨 문자를 보냈을까 의아한 얼굴들이었다.

"그래서? 그 문자 때문에 화났냐?"

재석의 물음에 일구는 고개를 살짝 가로저었다.

"아냐."

"그럼?"

"네 문자에 더 멋있게 답장하려고 했는데 안 되더라. 글 솜씨가 없어서……."

"……."

"이 새끼야, 그 문자 보고 정말 세상이 엿 같았다."

"재석아, 너 문자 보냈냐?"

민성이 옆에서 낮은 목소리로 물었다.

"씨발 새끼야, 넌 나랑 비슷했는데 왜 너만 잘나가는 거냐, 응? 글도 열라 잘 쓰고."

재석은 마음이 놓였다. 듣자 하니 싸움을 걸자는 건 아닌 듯했다.

"그래서 하고 싶은 말이 뭐냐?"

"너 정말 더럽게 재수 없어, 이 새끼야!"

갑자기 일구가 울먹이며 소리쳤다.

민성은 얼른 재석이 들고 있는 폰을 빼앗아 패턴을 풀고는 일구에게 보냈다는 문자를 찾아 소리 내어 읽었다.

차일구,
네가 읽을지 안 읽을지 모르지만 내가 쓴 글 하나 보낸다. 잘 쓴 글은 아니지만 내 진심을 담은 글이다.
네 덕에 진정한 관계가 무엇인지 생각해 볼 수 있었어. 그런 점에선 고맙다.
나중에 대학 가면 우리 만나서 맥주 한잔하자.

올바른 친구 관계

얼마 전 나는 어릴 때 친구를 만나 대결을 펼쳤다. 결론부터 말하면 킥복싱 챔피언이었던 친구에게 KO 당하고 말았다. 하지만 그 어떤 패배보다 고마운 것이었다. 승자는 철없던 시절 내가 괴롭혔던 친구였다. 그 친구는 나에게 맞았던 기억으로 지금까지도 나를 증오하고 있었다. 얼마 전 그 사실을 까마득히 잊고 있던 나는 정정당당한 대결에서 흠씬 두들겨 맞았다. 그걸로 그 친구가 나의 지난 잘못을 용서해 주었으면 하는 마음이다.

어린 시절 나의 부모님은 이혼했다. 어머니가 생계를 해결할 수 없어 나는 시골의 할머니 밑에서 몇 년간 지냈다. 소위 말하는 결손 가정, 조손 가정의 아이가 되었던 것이다. 소중한 가족과 친밀한 관계를 맺지 못하자 다른 관계도 어긋났다. 친구들을 괴롭혔고, 선생님 말을 안 들었으며, 세상 모든 어른들에게 반항했다. 그 친구와의 악연은 그때 맺어졌다.

다행히 뒤늦게 나는 훌륭한 멘토를 만나 정신을 차렸다. 좋은 친구들을 사귀어 꿈도 갖게 되었다. 친구 관계에 대한 정의가 엄청나게 많지만 내가 생각하는 최고의 정의는 '함께 성장'하는 거다. 오래도록 친구들을 만날 수 있는 유일한 방법이란 생각이 든다.

사람의 관계는 긍정적일 때는 신명이 나게 하지만 부정적일 때는 한을 품게 한다. 그간 나는 많은 친구에게 한을 심어 준 어리석은 사람이었다. 이제 그 한을 신명으로 바꾸어야겠다. 기억나지 않는 나의 수많은 잘못과 실수로 인해 한과 증오를 키워 갔을 친구들에게 이 말을 하고 싶다. "친구들아, 못나고 비뚤어진 상처투성이의 어린 재석이를 용서해 다오. 나도 괴로워서 그랬다. 이제라도 사과한다. 어떠한 변명도 하지 않겠다. 다 내가 한 짓이기 때문이다. 이제 마음속에 응어리진 한을 풀고 신명나는 앞날을 향해 같이 성장하자. 원한다면 죽을 때까지 백 번, 천 번이라도 사과할게. 미안하다. 용서해라."

민성이 문자를 다 읽자 일구가 잠시 망설이다 자연이에게 힘겹게 입을 열었다.

"자, 자연아. 나 너에게 사과하고 싶다."

그 자리에 있던 아이들은 모두 귀를 의심했다.

"뭐, 뭐라고?"

"내가 어린 시절 너 괴롭힌 거 미안하다고."

순간 적막이 흘렀다. 진정한 사과였다. 더 이상 말이 필요 없었다. 자연이도 그걸 느꼈는지 흐느끼기 시작했다.

"자연아, 재석이 글 보고 많은 걸 느꼈어. 나도 그동안 내가 했던 모든 잘못을 사과하고 싶어."

그때 향금이 싹싹하게 말했다.

"얘들아, 우리 이러지 말고 저기 들어가서 아이스크림이라도 먹으면서 이야기하자."

지나가던 행인들이 무슨 일인가 싶어 흘낏댔던 것이다.

아이들은 아이스크림을 먹으면서 이야기를 나눴다. 일구 역시 할머니 할아버지 손에서 컸다고 했다. 할아버지가 기죽지 말라고 운동을 시켰는데 그걸 약한 아이들을 괴롭히는 쪽으로 잘못 써먹은 거였다.

"내가 철이 늦게 들었어. 그때는 아이들 때리고 다니는 게 폼 나는 일인 줄 알았어. 용서해 주라, 자연아."

일구의 고백을 듣자 자연이의 마음에도 측은지심이 들었다.

"괜찮아, 일구야. 난 이미 다 용서했어."

"고마워."

재석은 일구에게서 아프고 외로웠던 어린 시절의 자신을 발견했다.

"어벤져스도 곧 탈퇴할 거야."

"정말?"

"응. 다음 주에 아이들에게 앞으로 모이지 말고 각자 열심히 공부하자고 말할 거야."

"대단하다!"

일진들 사이에서도 연합 서클의 일진이 되는 건 보통 일이 아니다. 그걸 해체하는 것은 큰 용기가 필요한 일이었다. 자칫하면 역으로 몰매를 맞을 수도 있었다.

옆에서 지켜보던 보담이 말했다.

"재석아, 부탁이 있어."

"뭔데?"

"네가 일구랑 친구가 되어 주면 어때?"

순간 일구의 얼굴이 발개졌다.

"나 그런 거 바라지 않아."

일구의 말을 보담이 단호하게 제지했다.

"일구 보니까 옛날에 재석이 네가 스톤에서 나올 때 생각이 나. 엉덩이가 다 해지도록 맞고 나왔잖아. 그때 재석이 네 옆에는 민성이와 우리가 있었어. 지금 일구에게도 친구가 필요할 것 같아."

그러자 민성도 나섰다.

"맞아, 재석아. 오늘 보니 일구, 의리 있고 괜찮은 애 같아."

민성까지 나서자 일구가 고개를 푹 숙였다. 일구의 외로움과 아픔이 재석에게도 전이되어 느껴졌다. 자신에게는 보담과 민성, 그리고 향금이 있어 얼마나 고마웠는지 재석은 새삼 깨달았다. 외로운 일구의 손을 잡아 주어야만 했다.

재석은 활짝 웃으며 손을 내밀었다.

"그래, 일구야. 우리 친구하자."

"저, 정말?"

"응, 대신 나도 너에게 부탁이 있어."

"뭔데?"

"격투기, 이번에 보니까 멋있더라. 나도 너네 도장에 등록하면 안 될까?"

일구의 눈빛이 환희로 물결쳤다.

"무, 물론이지. 화, 환영해. 너는 무료로 내가 가르쳐 줄게."

"야야, 무료는 아니구 돈 낼게."

"아냐, 우리 도장이 아무리 어렵다지만……"

그때 민성이 끼어들었다.

"대신 연예인 할인, 지인 찬스 이런 거 없냐?"

"당근 있지. 우리 관장님은 내가 친구 데리고 가면 50프로 할인해 주셔."

"그래? 그러면 나도 등록해야겠다. 카메라 들고 다니려면 체력이 좋아야 하거든."

"민성이 너까지?"

"응."

"그래, 그럼. 당장 등록해. 사실 우리 도장 요즘 어렵거든. 헤헤."

일구가 마음의 벽을 무너뜨리자 아이들은 모두 함께 웃었다.

"오호호호!"

그날 여섯 명의 아이들은 함께 어울려 놀았다. 재석은 다 같이 찍은 사진을 부라퀴에게 보냈다.

> 할아버지,
> 싸웠던 놈하고 친구가 됐어요.
> 역시 할아버지 말씀대로 결자해지네요.

부라퀴에게서 답신이 왔다.

재석이 너, 대단하구나.
근데 이 녀석 결자해지밖에 모르냐?
그런 걸 자업자득(自業自得)이라고도 한단다.

"야, 자업자득은 또 뭐냐?"
민성의 물음에 보담이가 재석이 대신 설명해 주었다.
"자기가 저지른 일의 대가를 자기가 받는다는 거야."
"그렇구나."
옆에서 일구가 수첩을 꺼내더니 자업자득이라고 적었다.
"아하하! 일구 너도 작가가 되려고 그러냐?"
"아니, 좋은 이야기는 다 적으려구."
그걸 본 재석이도 아이디어가 떠올랐다.
"나 이번에 이종격투기를 주제로 소설 하나 써야겠다."
일구가 간절한 눈빛으로 말했다.
"정말? 꼭 써줘. 내가 다 알려 줄게."
그때 재석이 옆에 있던 민성이가 외쳤다.
"와우! 드디어 내 구독자 수가 만 명을 넘었어. 오늘 저녁은
내가 쏜다. 파이팅!"

"아냐, 내가 쏠게. 일구한테 사과도 받았으니 기념으로."

자연이가 손사래를 치며 나섰다.

"그래, 누가 쏘든 일단 가자!"

아이들은 신이 나서 뛰어가는 민성을 뒤따라 달려갔다.

〈끝〉

미리 읽어 본
독자 평가단 한마디

까칠한 재석이 7탄은 한 편의 드라마를 보는 것 같았습니다. 사건을 해결하며 성장하는 재석이가 정말 보기 좋았습니다. 좋아하는 책을 미리 원고로 받아서 읽다니 독자로서 정말 즐겁고 새로운 경험이었습니다. 고맙습니다. _ **김민아(학생)**

저도 짧게나마 따돌림을 당해봤고, 반대로 따돌림을 거들었던 적도 있어서 자연이와 민성에게 감정이입을 하며 읽었습니다. 그때 제 옆에도 재석, 보담, 향금이 같은 친구들이 있었는데 그때 아이들의 충고를 왜 듣지 않았는지 정말 후회가 들었습니다. 이 책을 읽고 용기를 내서 제가 괴롭혔던 아이에게 용서를 구하려고 합니다. _ **김예린(H중 1학년)**

자연의 왕따 이야기가 소재였지만, 어려운 일을 통해 재석이와 친구들이 더 굳건하게 관계를 만들어가는 것을 보며 많은 것을 깨달았습니다. 고정욱 작가님이 재석이를 통해 진짜 우리에게 해주고 싶은 말이 무엇인지 느껴집니다. 앞으로 나올 재석이 시리즈를 통해 더 많은 것을 깨닫고, 느끼고 싶습니다. _ **김유빈(D중 1학년)**

민성이는 자연이가 용서해 줄 때까지 진심으로 사과합니다. 누군가에게 잘못을 저질렀다면 용서받을 때까지 사과하는 것이 무엇보다 중요하다는 생각이 듭니다. 진심 어린 사과를 어떻게 해야 할지 고민하는 사람들에게 이 책을 추천합니다. _ **박찬민(K중 1학년)**

우리는 모두 함께 살아가면서 때론 친구가 되고, 때론 적이 된다. 하지만 친구와 어떻게 지내야 하는지, 적은 어떻게 해결해야 할지 학교에서 알려주지 않는다. 이 책에선 진짜 친구란 무엇인지, 그리고 학교폭력에 어떻게 대처할지 질문을 던진다. 그리고 책을 읽다 보면 그 답을 찾을 수 있다. _ **박채윤(W중 1학년)**

이 책을 읽고 순탄치 못했던 나의 대인관계에 대해 진심으로 고민했다. 재석이의 선한 영향력으로 내 지난 과거를 반성할 수 있었고, 현재의 삶에 충실할 수 있었다. 까칠한 재석이를 알게 된 것은 나에게 너무나도 큰 행운이다. _ **박현성(S여중 2학년)**

재석이, 민성이, 향금이, 그리고 보담이가 문제를 해결하는 것을 보며 학교폭력이 얼마나 심각한 일인지 알게 되었다. 동시에 나도 모르는 사이에 혹시 가해자가 되어 있지는 않을까 하는 생각에 무게감도 느낄 수 있었다. 친구 관계의 소중함과 학교폭력의 문제성을 재미있는 소설로 읽을 수 있게 도와주신 작가님께 감사드린다! _ **신지원(K중 2학년)**

새 학기가 되면 어른들이 말합니다. "친구를 잘 사귀어야 돼, 가능하면 공부 잘하는 친구를 사귀어라. 친구는 소중한 거야." 하지만 이 책은 공부를 잘하든 못하든, 못생기든 잘생기든, 서로 용서해 주고, 존중해 주고, 소통하는 친구가 '진짜 친구'라고 말하고 있습니다. 책을 읽으면서 솔직하게 털어놓고, 고통을 나누는 좋은 친구가 있는 것에 감사하게 되었습니다. _ **심시우(J초 6학년)**

이미 아픈 관계를 경험했거나 현재 고민 중이라면 재석이와 친구들이 전하는 다정한 응원, 이인영 선생님의 따뜻한 말에 많은 위로를 받을 수 있을 것 같다. 나도 이렇게 힘들었을 때 좋은 친구들과 이인영 선생님 같은 인연이 있었다면, 혹은 책을 친구삼아 지냈다면 지금의 모습과는 많이 다르게 살고 있지 않을까 하는 생각이 든다. _ **유현주(학생)**

"관계는 어렵지만 소중하다!"라는 것을 잘 알려주는 책입니다. 진정한 친구는 누구일까? 진정한 친구가 왜 있어야 하는지, 진정한 친구가 있다면 무엇이 좋은지 다시 한 번 생각할 수 있게 되었습니다. _ **이상헌(J초 4학년)**

이 책은 마음에 상처를 입은 친구가 받아줄 때까지 진심으로 사과하는 것을 보여 주며 친구 관계에서 생기는 문제를 해결할 수 있는 방법을 제시해 줍니다. 또한 진정한 친구란 누구인가를 고민하게 만듭니다. 친구와의 관계에서 어려움을 느끼고 있는 사람에게 이 책을 추천합니다. _ **이서연(K중 1학년)**

한 캐릭터로 다양한 청소년 문제를 보여 주는 책은 재석이밖에 없을 것이다. 재석이 시리즈의 열렬한 독자로서 이번 책은 현실에서 일어나기 쉬운 일을 소재로 했기에 더욱 실감나게 읽었다. 특히 SNS를 통한 전개가 많아서 더욱 생생하게 느껴진다. 작가님이 이런 일을 직접 경험해 본 것 같은 느낌을 받을 정도로 재미있는 반전요소와 액션 장면까지 매우 흥미로웠다. _ **조연준(K중 1학년)**

이 책을 읽으며 과연 내가 민성의 친구라면 어떻게 했을까 생각해 보았다. 민성의 편을 들고 과거의 이야기를 덮으려 할지, 아니면 민성의 진심 어린 성찰을 도출해내기 위해 다방면으로 노력할지, 그런 노력을 할 의지와 용기가 있는지 등 마음 깊이 성찰해 볼 수 있는 좋은 기회가 되었다. _ **하수광(S고 2학년)**

까칠한 재석이 시리즈는 톡톡 튀는 스토리와 의미 있는 교훈이 함께 담겨있기 때문에 개인적으로 계속 보고 싶은 책이다. 책이 나오면 친구에게 소개하고 나도 다시 읽고 싶다. 벌써 다음 작품이 기대된다. _ **한소정(학생)**

마노 (이혜영)
유엔 캐릭터(UNFPA)를 개발했고 순정만화 작가, 스토리 작가,
일러스트레이터로 다양하게 활동하고 있습니다.

까칠한 재석이가 깨달았다

초판 1쇄 발행 2020년 5월 28일
개정판 1쇄 발행 2023년 1월 27일
개정판 2쇄 발행 2024년 10월 18일

지은이 고정욱
그림 마노_이혜영
펴낸이 이범상
펴낸곳 (주)비전비엔피 · 애플북스

기획 편집 차재호 김승희 김혜경 한윤지 박성아 신은정
디자인 김혜림 이민선
마케팅 이성호 이병준 문세희
전자책 김성화 김희정 안상희 김낙기
관리 이다정

주소 우)04034 서울시 마포구 잔다리로7길 12 (서교동)
전화 02)338-2411 | **팩스** 02)338-2413
홈페이지 www.visionbp.co.kr
인스타그램 www.instagram.com/visionbnp
포스트 post.naver.com/visioncorea
이메일 visioncorea@naver.com
원고투고 editor@visionbp.co.kr

등록번호 제313-2007-000012호

ISBN 979-11-92641-04-1 04810
　　　 979-11-90147-92-7 (세트)